Corona – Eine Komödie

Vanessa Mansini

Vanessa Mansini

CORONA

Eine Komödie

Verlag:
Michael Meisheit, Fidicinstraße 24, 10965 Berlin
michaelmeisheit.de

Herstellung: Amazon Distribution GmbH, Leipzig

Covergestaltung: Catrin Sommer, Bonn
Satz: Corinna Rindlisbacher, Berlin

ISBN: 978-3-947778-03-4

1

Als Anne den Supermarkt betrat, bekam sie Gänsehaut. Man hatte an den Kassen Abstandsmarkierungen auf den Boden geklebt. Plexiglasscheiben waren vor den Kassiererinnen installiert worden. Es war wie in einem Traum. Als sie an der Wand den Spender mit Desinfektionsmittel sah, hatte sie Mühe, ihre Tränen zu unterdrücken. Tränen der Freude, der Erleichterung.

Ihr Strahlen verbarg Anne hinter ihrer Mund-Nasen-Maske. Wie oft hatte sie sich gewünscht, solch eine öffentlich tragen zu können. Endlich war es so weit. Sie war zwar nach wie vor die Einzige mit Maske, aber die Leute hatten Verständnis. Auch als sie die Einmalhandschuhe überzog, gab es keine verwunderten Blicke, wie Anne sie früher hatte ertragen müssen. Bei den Einkaufswagen zog sie ihr Spray mit Sterillium aus der Handtasche. Genüsslich sprühte sie die Flüssigkeit auf den Wagengriff und wischte diesen sorgfältig mit einem Taschentuch ab. Das Gefühl tiefer Befriedigung stellte sich ein. In einem Supermarkt! Für Anne vor wenigen Wochen noch undenkbar. Supermärkte waren stets Krisenregionen gewesen.

Neben Anne erschien eine ältere Dame, um sich ebenfalls einen Wagen zu holen. Mit einem Stirnrunzeln beobachtete sie Annes akribische Reinigung. Anne wurde unsicher. Die Pandemie stand noch am Anfang. Erst seit einigen Tagen wurde die Gefährlichkeit des Virus von einer breiten Öffentlichkeit wahrgenommen. Die entsprechenden Maßnahmen waren noch neu. Fiel es auf, wie außergewöhnlich gut Anne auf diese Situation vorbereitet war?

„Vielleicht übertrieben“, verteidigte sie sich schnell. „Aber man weiß ja nie.“

Ihr unsicheres Lächeln blieb hinter ihrer Maske verborgen. Die ältere Dame reagierte nicht, starrte weiter auf Annes Spray. Diese wollte schon das Weite suchen. Doch die Dame hob die Hand, um sie aufzuhalten.

„Könnten Sie bei mir auch etwas draufsprühen?“, fragte sie.

Annes Herz setzte für einen Moment aus, als sie den hilflosen Gesichtsausdruck der Frau sah. Die Sorge, sich anstecken zu können. Die Angst. Anne hätte die ältere Dame am liebsten vor Freude in den Arm genommen, wenn Körperkontakt nicht etwas gewesen wäre, was sie grundsätzlich ablehnte.

„Natürlich!“, rief Anne.

Sie sprühte extra viel Desinfektionsmittel auf den Griff des nächsten Wagens. Dabei beobachtete sie die Frau. Ihren verzückten Blick. Die Befriedigung, die Erleichterung in ihren Gesichtszügen. Die Menschen kamen dort an, wo sich Anne schon seit sechs Jahren befand. Anne war nicht mehr die Verrückte, die Außenseiterin. Im Gegenteil: Sie war die Speerspitze der Reinlichkeit. Sie war allen einen Schritt voraus. Dank Corona.

Die Einkaufstüten wogen schwer, doch Anne trug sie mit neu gewonnener Leichtigkeit die Straße zu ihrem Zuhause hinauf. Der Altbau, in dem sie lebte, stand an der höchsten Stelle von Kreuzberg, was zwar einen schönen Ausblick bedeutete, aber die Heimkehr erschwerte. Besonders, wenn man versuchte, häufige Einkäufe zu vermeiden und bei jedem Besuch bis an die Belastungsgrenze Sachen aus dem Supermarkt schleppte. Vielleicht konnte Anne angesichts der neuen Schutzmaßnahmen darüber nachdenken, in Zukunft öfter einzukaufen. Quasi als Ausgleich dafür, dass sie ja nun im Homeoffice arbeitete und ihr die qualvollen Tage im Büro erspart blieben. Zumindest, solange die Pandemie anhielt. Laut der führenden Virologen konnte der Ausnahmezustand die Menschheit sogar noch bis ins nächste Jahr beschäftigen. Rosige Aussichten.

Gut gelaunt balancierte Anne die schweren Tüten vor der Haustür, während sie diese mit dem Schlüssel aufdrückte. Sie berührte den Türknauf nicht mit ihrer Hand. Natürlich hielt sie sich auch vom Treppengeländer fern. Routine. Als Anne an Papas Wohnung im dritten Stock vorbeikam, erfuhr ihre gute Laune einen Dämpfer. Ihr Vater war mit seiner Lebensgefährtin in Italien. Sizilien zwar, weitab von den dramatischen Ereignissen im Norden des Landes, dennoch würden die beiden auf der Rückfahrt mit dem Zug durch die verseuchten Gebiete fahren müssen. Und das mit Papas Lungenerkrankung. Als das Paar Anfang Januar zum Überwintern in die südlichen Gefilde gefahren war, hatte man die Pandemie noch nicht absehen können. Dass Italien besonders stark von dem Virus heimgesucht werden würde, sowieso nicht. Annes Hoffnungen klammerten sich daran, dass Papas Lebensgefährtin Monika früher Krankenschwester gewesen war. Sie war stets gut ausgerüstet mit Medikamenten, auch mit Schutzmasken. Doch würde der alte Sturkopf die Masken tragen? Er rauchte ja sogar nach wie vor heimlich. Anne konnte vor ihrem inneren Auge sehen, wie er die Maske mit seinem verschmitzten Augenzwinkern „aus Versehen“ durch das Zugfenster davonfliegen ließ. Es war ja sein Leben. Dabei würde eine Infektion mit dem Coronavirus seinen Tod bedeuten. Anne war sich da sicher. Ihre Sorgen um Papa wuchsen im Sekundentakt, sodass ihre gute Laune bis zum fünften Stock verpufft war.

Umso energischer stürzte sie sich in das Ritual. Vor der Wohnungstür streifte Anne ihre Ballerinas ab. Ihren Mantel hängte sie an den dafür vorgesehenen Kleiderhaken. Die Schuhe kamen zu ihren Artgenossen in das für sie gedachte Schränkchen. Niemals kamen Anne getragene Schuhe oder Mäntel in die Wohnung, selbst wenn sie im Treppenhaus geklaut werden konnten; was allerdings in den fünf Jahren, die sie hier wohnte, nie geschehen war. Sodann öffnete Anne – ohne den Knauf zu berühren – die Tür, betrat mit ihren Tüten die Wohnung und warf die Tür mit einem Stoß ihrer Hüfte zu. Durchatmen. Sie war zu Hause. In Sicherheit. Jedoch brachte sie selbst Gefahr mit sich und musste diese nun Schritt für Schritt eliminieren.

In ihrer kleinen Dachgeschosswohnung betrat man durch die Wohnungstür direkt die Wohnküche, von der Wohn- und Schlafzimmer sowie das Bad abgingen. Die Türen zu den anderen Räumen blieben für die erste Phase verschlossen. Den Inhalt aller Einkaufstüten stellte Anne auf den Küchentisch, der sich nicht weit vom Eingang entfernt befand. Danach zog sie sich aus. Komplett. Ihre Wäsche legte sie vor die Badezimmertür. Nunmehr nackt begab sie sich zum Tisch mit den Einkäufen. Feste Verpackungen wurden mit Desinfektionsmittel bearbeitet. Obst und Gemüse mit einem extra dafür vorgesehenen Reiniger. Die desinfizierten Einkäufe stellte Anne mit desinfizierten Händen auf den sauberen Küchenschrank am anderen Ende des Raums. Erst danach kamen die Einkaufstüten in den Müll. Den Tisch, die Spüle und den Boden wischte Anne anschließend mit den bereitstehenden Putzutensilien und einem Desinfektionsreiniger, und zwar so, dass sie sich von den gereinigten Stellen rückwärts bis hin zur Badezimmertür bewegte, direkt zu dem Stapel mit ihren Anziehsachen. Noch einmal durchatmen. Die Küche war geschafft.

Anne ging mit den Putzsachen und ihrer Kleidung ins Bad. Dort öffnete Anne den Abstellschrank, in dem sich die Warmwassertherme und die Waschmaschine befanden. Wenig überraschend saß der Drache auf der Waschmaschine. Sein Lieblingsplatz. Er lächelte zufrieden, während Anne ihre Kleidung in die Trommel steckte und die Maschine startete. Das desinfizierende Waschmittel befand sich bereits im entsprechenden Fach. Anschließend wischte Anne sich rückwärts zur Dusche. Dort wurde das Wasser aus dem Putzeimer gegossen, sodann Eimer und Lappen unter der Dusche gereinigt. Auch das Bad war nun in Ordnung.

Endlich konnte Anne sich selbst unter die Dusche stellen. Die nächste halbe Stunde war eine Erlösung. Ihren Körper von allem befreien, was sie sich in der Welt draußen eingefangen hatte. Genüsslich wusch sie die kurz geschnittenen blonden Haare. Sie seifte ihren nicht ganz so schlanken, aber für Mitte Dreißig ausgesprochen straffen Körper ausgiebig ein. Das ständige Putzen, der Weg den Berg und die Treppen hoch hielten sie fit. Sie scheuerte ihre Hände und Fingernägel mit einer Bürste, bis sie leicht gerötet waren. Ein gutes Zeichen. Innere Ruhe kehrte ein. Selbst die Sorgen um ihren Vater gerieten in den Hintergrund. Anne war bei sich selbst.

Die letzten Aktionen fielen leicht. Mit einem frischen Handtuch aus dem Schrank abtrocknen. Ihren Körper und besonders die Hände eincremen. In der Küche die Einkäufe noch einmal mit Desinfektionsmittel absprühen und sie – nach dem Anziehen im Schlafzimmer – in die Schränke räumen. Die Einkäufe gehörten jetzt zur Wohnung. Sie waren ungefährlich. Anne atmete ein letztes Mal tief durch. Geschafft.

Es klingelte.

Die innere Ruhe hatte nur wenige Minuten gehalten. Das

Klingeln versetzte Anne umgehend in Alarmbereitschaft, denn es handelte sich um die Klingel an der Wohnungstür. Jemand stand direkt davor. Die Person klopfte nun sogar. Anne hielt die Luft an. Sie konnte unmöglich die Tür öffnen. Nicht bewegen. Warten, bis die Person verschwand. Doch sie ging nicht. Sie klopfte noch einmal, energischer. Zu energisch. Ein Nachteil davon, Türen mit der Hüfte zu schließen ist, dass sie manchmal nicht richtig ins Schloss fallen. Deswegen sprang die Wohnungstür beim letzten Klopfen auf.

„Oh, ist ja offen", hörte Anne.

Eine tiefe Männerstimme, die ihr bekannt vorkam. Doch Anne konnte sie nicht sofort zuordnen. Ihre Panik hinderte sie an klaren Gedanken, denn das Unvermeidliche geschah bereits: Die Tür wurde aufgeschoben, gab der Außenwelt den Weg in ihr Heiligtum frei und somit allem, was diese Welt mit sich brachte. In diesem Fall brachte sie vor allem Ron. Der Sohn von Monika, wenige Jahre älter als Anne, stand breitbeinig in verwaschenen Jeans, Holzfällerhemd und Lederjacke in der Tür. Anne entdeckte im Bruchteil einer Sekunde die Gefahrenstellen: Der ungepflegte volle Bart, die zerzausten dunkelbraunen Locken, die kräftigen Hände mit einem vergilbten Stoffbeutel darin, der getrocknete Matsch an den Armeestiefeln. Dieser Mann war eine wandelnde Infektionsbombe. Die Bombe wandelte in ihre Wohnküche, ehe Anne ihre Sprache wiederfinden konnte.

„Ich war grad in der Gegend und dachte, ich schau mal vorbei."

Ron lachte herzlich. Das laute Lachen kannte sie von ihrer bisher einzigen Begegnung. Ein Abendessen unten in der Wohnung ihres Vaters, bei dem sich Ron und Anne hatten kennenlernen sollen. Ein furchtbarer Abend, der Anne endlos viel Energie gekostet hatte. Ron spuckte beim Reden, und ja, er redete viel. Außerdem legte er seinem

Gegenüber gerne die Hand auf den Arm, die Schultern, den Rücken. Der Abend war ein einziger Spießrutenlauf gewesen. Anne hatte zahllose subtile und weniger subtile Hinweise fallen lassen, dass sie diesen Mann niemals wiedersehen wollte. Und jetzt schaute er *mal vorbei*?

„Warum?“

Anne krächzte. Ihr Hals war ausgetrocknet. Sie konnte sich nicht bewegen und somit auch nicht verhindern, dass Ron immer weiter auf sie zukam. Sie hätte auch gar nicht gewusst, wie sie ihn hätte stoppen sollen. Er war fast zwei Meter groß, kräftig gebaut, muskulös. Eine Wand.

„Na, ich dachte … wegen der Eltern. Hallo erst mal.“

Er stand nun vor ihr, Anne konnte sein Mundwasser riechen. Er streckte ihr die freie Hand entgegen. Eine Hand, die schwere Arbeit gewohnt war. Anne erinnerte sich dunkel daran, dass er im Messebau arbeitete, einen Handwerksberuf gelernt hatte. Als sie einen Schritt nach hinten wich, zog er die Hand schnell zurück. Dabei lachte er erneut.

„Ja, stimmt. Man soll ja nicht mehr … Corona und so, ne?“

Er winkte ab, als ob er das albern fände. Für einen Moment standen sie stumm voreinander. Annes Herz schlug bis in ihren Hals. Die Situation überforderte sie. Sie blickte an Ron vorbei zur geöffneten Badezimmertür. Dort war der Drache erschienen. Sein Gesichtsausdruck zeigte pure Fassungslosigkeit. Mit den Vorderbeinen deutete er eindringlich auf Ron und dann zur Wohnungstür.

„Corona!“, rief Ron plötzlich, als ob ihm etwas eingefallen war. „Ich hab dir was mitgebracht.“

Mit einem listigen Grinsen griff er in den Stoffbeutel und zog einen Behälter mit Desinfektionsmittel heraus.

„Kriegt man nirgends mehr. Selbst online: Ausverkauft. Aber, weißt ja, ich hab vorgesorgt. Kannst du haben.“

Mit einer großzügigen Geste reichte er ihr den 500ml-Behälter. Genau das Modell, von dem Anne mindestens zwanzig Stück im Badezimmerschrank stehen hatte. Und das nicht erst, seit die Pandemie ausgebrochen war.

„Oh, danke“, hörte Anne sich sagen.

Sie nahm den Behälter, auch wenn es sich anfühlte, als ob ihre Hand bei der Berührung brennen würde.

„Wenn du was anderes brauchst“, sagte Ron viel zu laut. „Hier so: Mundschutz oder Handschuhe. Oder was zu essen, wenn jetzt alles zusammenbricht. Kein Problem. Ich hab alles. Weißt ja.“

Ja, Anne wusste. Den halben Abend bei Papa war es nur darum gegangen, dass Ron „vorsorgte“. Er nannte sich selbst „Prepper“, wobei Anne nicht verstanden hatte, für was genau er vorsorgte. Sie hatte vermutet, dass er es selbst nicht wusste. Umso erfreuter schien er zu sein, dass die Coronakrise seinem Horten einen Sinn gab.

Anne konnte den Drachen nicht länger übersehen. Er winkte immer heftiger mit seinen Vorderbeinen. So aufgebracht hatte sie ihn lange nicht erlebt.

„Schöne Wohnung!“, stellte Ron derweil fest. „So sauber.“

Längst nicht mehr! Dank Rons *Vorbeischauen*. Er blickte sich interessiert um, wirkte so, als ob er zur Balkontür gehen wollte.

„Was ist denn mit den Eltern?“, fragte Anne und zog seine Aufmerksamkeit auf sich. „Ist etwas passiert?“

„Noch nicht gelesen?“, entgegnete Ron. „Die Österreicher haben die Grenze zu Italien dichtgemacht. Alle Zugverbindungen von Rom nach Deutschland wurden gestrichen.“

Anne schluckte. Der Drache rollte mit den Augen, stellte sein Wedeln mit den Vorderbeinen jedoch nicht ein. Er sah mittlerweile aus wie ein Lotse am Flughafen. Nur, dass er keine Flugzeuge, sondern den Eindringling nach draußen lotsen wollte.

„Wissen die das schon?“, fragte Anne Ron.

„Keine Ahnung. Mutter hat das Handy aus. Sie vergisst ja immer zu laden. Und von deinem Vater hab ich keine Nummer. Deswegen dachte ich, wir rufen sie gemeinsam an und …“

Er hatte plötzlich sein Handy in der Hand und untermauerte damit seine Absicht.

„Wir brauchen einen Plan B“, verkündete er. „Fliegen kann dein alter Herr nicht, oder? Wegen dieser C … CO …“

„COPD. Nein, er sollte nicht fliegen.“

Die chronische, obstruktive Lungenerkrankung hatte bei Papa zu einem Lungenemphysem geführt. Die Lungenbläschen waren überdehnt. Damit waren Flugreisen lebensgefährlich. Deswegen hatten Monika und er eine gemütliche Zugreise mit diversen Zwischenstopps geplant gehabt.

„Mietwagen traue ich meiner Mutter nicht zu“, plapperte Ron weiter. „Und ich weiß nicht, ob dein Vater …“

„Auf keinen Fall.“

Papa fuhr seit Jahren nicht mehr Auto.

„Also dachte ich“, fuhr Ron fort, „wir könnten sie abholen. Ich hab ja den Land Rover und so. Da ist Platz für uns alle. Wir brauchen nicht einmal …“

„Stopp! Stopp!“

Anne brauchte nicht erst die aufgerissenen Augen des Drachen zu sehen, um endlich einzuschreiten. Sie hatte genug gehört.

„Entschuldige, Ron, aber ich habe jetzt einen wichtigen Termin. Ich mache ja Homeoffice und muss mit einem Mandanten konferieren …“

„Oh. … Du, ich kann warten …“

„Und das wird sehr, sehr lange dauern. Steuerprüfung. Ganz schwierige Angelegenheit. Ich schlage vor, ich rufe hinterher meinen Vater an und kläre alles mit ihm. Und dann melde ich mich bei dir. Telefonisch! Ich denke, wir können das alles hervorragend *telefonisch* besprechen. Ab jetzt nur noch. Ist das okay?“

Ron zögerte. Anne hatte einigermaßen ihr Selbstbewusstsein wiedergefunden und blickte ihn auffordernd an. Der kräftige Mann wirkte überrumpelt.

„Okay“, sagte er endlich. „Aber wir könnten echt runterfahren. Ich hab viel Zeit. Die Messen sind abgesagt und …“

„Besprechen wir alles am Telefon. Ich muss jetzt dringend an meinen Computer.“

Sie deutete Richtung Wohnzimmer, wo sie sich tatsächlich einen Arbeitsplatz eingerichtet hatte. An dem natürlich niemand heute mit ihr konferieren musste.

„Ah, okay. Sorry. Ich verdünnisier mich. Bis später.“

Er legte ihr kurz die Hand auf den Arm. Anne durchfuhr ein Blitz. Aber es wurde sofort wieder besser, weil Ron nun tatsächlich zur nach wie vor offenstehenden Wohnungstür eilte. Einmal kräftig durchatmen, dann folgte sie ihm. Im Treppenhaus drehte Ron sich noch einmal um.

„Du hast meine Nummer?“, fragte er.

„Ja“, antwortete Anne, während sie bereits die Tür schloss.

Sie hatte die Nummer nicht, aber würde sie herausfinden. Hauptsache, sie war Ron los. Sie atmete ganz tief durch. Ihre Hände zitterten noch.

„Wasss ist denn dasss für ein Waldschrat?“, fragte der Drache. „Der hat unsss hier mehr Keime reingeschleppt alsss eine Horde Kinder nach dem Besuch im Biokampfstofflabor.“

„Ich weiß“, antwortete Anne angeekelt.

Sie stellte Rons Behälter mit dem Desinfektionsmittel auf den Boden und begann, sich auszuziehen. Unter dem anhaltenden Kopfschütteln des Drachens ließ sie ein Kleidungsstück nach dem anderen vor der Badezimmertür fallen.

„Du hast aber nicht vor, mit diesem Denkzwerg in einen Corona-Hot-Spot zu fahren?!“

„Natürlich nicht.“

Nackt stapfte sie ins Bad, um die Putzsachen zu holen.

2

Der Drache war wieder gewachsen. Vielleicht machte es auf Anne auch nur den Eindruck, weil er nicht kleiner geworden war. Nach dem Triumphmarsch durch den Supermarkt hatte sie das eigentlich erwartet. Genau, wie er am Anfang der Woche ein sichtbares Stück geschrumpft war, als ihr Chef sie ins Homeoffice geschickt hatte. In der Krise war der Drache geradezu niedlich geworden. Wenn er sich auf die Hinterbeine stellte, reichte er ihr allenfalls noch bis zur Brust. Damals, in den ersten Monaten nach seinem Einzug, hatte er sie überragt.

Nun lag er auf dem Sofa und leckte mit seiner feuerroten Zunge seine vorderen Krallen sauber. Wie die Sonne durch das Wohnzimmerfenster auf seine dunkelblauen Schuppen schien, sah er wunderschön aus. Er erinnerte Anne an das Meer. Plötzlich streckte er sich genüsslich. Alle Stacheln auf seinem Rückgrat stellten sich auf, der Schwanz peitschte zur Seite, selbst die Flügel entblätterten sich. Sie waren fast transparent, sodass Annes Schreibtisch in ein bläuliches Licht getaucht wurde. Anne musste lächeln. Der Drache blickte lauernd zu ihr herüber, während sie darauf wartete, dass Papa den Anruf annahm. Sie hatte eine weitere halbe Stunde damit verbracht, das Chaos zu beseitigen, das Ron hinterlassen hatte. Jetzt war sie gefestigt genug, um mit ihrem Vater die Lage zu erörtern. Aber er ging nicht ans Telefon. Sie wollte bereits auflegen, als sie ein Klicken in der Leitung hörte.

„Wolf."

Eigentlich konnte ihr Vater auf seinem Display sehen, wer anrief. Aber es war ihm nicht auszutreiben, dass er sich mit seinem Nachnamen meldete.

„Papa!", rief Anne erleichtert. „Stör ich dich gerade?"

„Nee, musste nur noch die Rochade machen. Spiele mit Enrico Schach. Der alte Knacker ist gar nicht so schlecht."

Der „alte Knacker" namens Enrico war der siebzigjährige Ehemann von Papas sizilianischer Vermieterin. Damit war der Mann vier Jahre jünger als Annes Vater. Aber Papa fühlte sich nie so alt, wie er war.

„Geht's dir gut?", fragte Anne.

„Bestens."

Ihm ging es immer bestens.

„Du, mh, habt ihr das mit der Grenzschließung schon mitbekommen?", fragte sie vorsichtig.

„Ja, ja. Jetzt machen die Ösis ernst, was?"

„Du weißt, was das bedeutet?"

„Ja, ja."

So entspannt, wie er klang, wusste er es nicht.

„Die haben euren Zug gestrichen, Papa", verkündete Anne bedrückt.

„Ja, ja."

Anne hatte sich geirrt. Er war entspannt, obwohl er es wusste.

„Ja, und jetzt?", fragte sie.

„Bleiben wir halt hier."

„Papa!"

„Wieso? Maria sagt, wir können das Ferienhaus weiter haben. Die nächsten Gäste können eh nicht kommen. Sie macht uns einen guten Preis."

„Ja, aber … Papa … weißt du, was in Italien los ist? Das ist ein Hot Spot für das Virus. Du musst nach Hause!“

„Mäuschen, wir haben auf Sizilien genauso viele Infizierte wie in Berlin. Warum soll es mir in Berlin besser gehen?“

Er hatte es wieder geschafft. Anne wusste nicht, was sie sagen sollte. Natürlich wollte sie anbringen, dass sie ihn vermisste. Natürlich enttäuschte es sie, dass es andersherum nicht so war. Er schien sich nicht einmal Sorgen um sie zu machen. Anne schaute zum Drachen, der Desinteresse vortäuschte. Er mochte Annes Vater nicht besonders.

„Ja, okay, so gesehen“, murmelte sie. „Aber … die Pandemie kann Monate dauern. Jahre.“

„Warten wir mal ab, mh? … Du, Enrico hat seinen Zug gemacht. Ich melde mich.“

„Oh, okay. Warte, Papa! Kann Monika vielleicht ihr Handy einschalten? Ihr Sohn versucht … Papa? Papa?“

Er hatte aufgelegt. Enttäuscht legte Anne ihr Handy zur Seite.

„Sieh’sss mal so“, sagte der Drache. „Musst du nicht so schnell wieder in dasss Virenbiotop, dasss er Wohnung nennt.“

„Ich mache mir Sorgen um ihn. Er achtet nicht auf sich. Er hält bestimmt keinen Abstand und …“

„Natürliche Auslese.“

Anne stöhnte genervt. Der Drache leckte aufreizend über seine Klauen.

„Cheer up, Darling!“, brummte er mit seiner sonoren Stimme, die Anne stets an Benedict Cumberbatch erinnerte. „Jetzt musst du nicht einmal diesen Primitivling anrufen.“

„Doch, natürlich!“, fiel es Anne siedend heiß ein. „Das habe ich Ron versprochen.“

„Aber du hast seine Nummer nicht. Und du hast allesss versucht, sie zu bekommen.“

Annes Lust, mit Ron zu sprechen, hielt sich tatsächlich in Grenzen. Dennoch kam sie sich schäbig vor.

„Wo ist dasss Problem?“, fragte der Drache. „Er wird irgendwann seine Mutter erreichen und erfahren, dasss sie auf Sizilien verlängern.“

„Und wenn er sie nicht erreicht? Wenn er dann wieder *vorbeischaut*?“

„Dann machst du zur Abwechslung mal nicht die Tür auf.“

„Ich hab die Tür nicht aufgemacht“, motzte Anne. „Sie ist aufgesprungen, als …“

„Anne!“, unterbrach der Drache mit einem kleinen Fauchen. „Entspann dich! Du lebst deinen Traum: Du kannst zu Hause arbeiten. Alle müssen Abstand halten. Esss ist nur eine Frage der Zeit, bisss esss eine Ausgangssperre geben wird. Du musst niemanden sehen, nicht rausss, kannst arbeiten, lesen, Serien schauen …“

Er atmete mit einem wohligen Geräusch aus. Anne war verstummt. Die tiefblauen Augen mit den schwarzen Schlitzen in der Mitte starrten sie verheißungsvoll an.

„Auch wieder wahr“, sagte sie schließlich und fuhr ihren Computer hoch.

Arbeiten, Lesen, Serien schauen. Mehr würde sie in den nächsten Tagen, vielleicht sogar Wochen nicht tun. Und eins ganz sicher nicht: Noch einmal irgendetwas mit Ron zu tun haben.

3

Vier Tage später saß Anne in ihrem Smart auf dem Weg zu Rons Haus tief im Osten von Berlin. Es war ein Sonntagmorgen, die Straßen waren leer, das Auto sauber, dennoch war Anne äußerst angespannt. Sie war dabei, diesen schmutzigen Mann bei sich zu Hause zu besuchen. Sie konnte es selbst kaum fassen. Aber sie brauchte seine Hilfe. Und sie war nach zwei schlaflosen Nächten mürbe.

Sie hatte dabei zusehen müssen, wie sich das Blatt wendete. Am Abend nach Rons „Vorbeischauen" war es noch er gewesen, der versucht hatte, sie zu erreichen. Nicht einmal, sondern gleich dreimal! Er rief zwar mit unterdrückter Nummer an, doch Anne war sich sicher, dass es Ron war. Da sie aus Prinzip nicht ans Telefon ging, wenn sie den Anrufer nicht kannte, hatte er Pech gehabt. Die Sache war erledigt. Zumal Anne am nächsten Tag von ihrem Vater erfuhr, dass Ron und Monika mittlerweile auch gesprochen hatten. Dem Paar ging es sowieso bestens. Das war am Donnerstag.

Doch am Freitag erfuhr Anne bei einem weiteren Telefonat mit Papa, dass Enrico sich mit dem Coronavirus infiziert hatte. Ausgerechnet der Mann seiner Vermieterin.

„Wie hoch ist die Wahrscheinlichkeit?", hatte ihr Vater gut gelaunt in den Hörer gerufen, während Anne einer Panikattacke nah gewesen war.

Papa sah das Problem nicht. Das letzte Schachspiel war

zwei Tage her, und natürlich hielt man jetzt Abstand. Außerdem ging es Enrico doch gut. Nur etwas Husten. Papa selbst ging es bestens. „Kein Grund zur Sorge." Annes Sorgen waren riesig. Eine erste schlaflose Nacht war die Folge gewesen.

Am Samstag häuften sich die Meldungen von Restriktionen wegen des Coronavirus. Bis zu diesem Tag hatte Anne den Nachrichtenkonsum bewusst limitiert. So etwas tat ihr nie gut. Während sie allerdings nach Möglichkeiten suchte, Papa und Monika vielleicht doch zurück nach Berlin zu bekommen, stieß sie immer häufiger auf Meldungen, was in Italien, aber auch in anderen Ländern alles verboten wurde. Keine Flüge, keine Züge, auf den Straßen durfte man nur mit besonderen Genehmigungen unterwegs sein. Auch, dass weitere Grenzen geschlossen werden würden, schien nur eine Frage der Zeit.

Am Samstagnachmittag hatte sie ein weiteres Mal mit ihrem Vater telefoniert. Auf die Frage, wie es ihm ging, hatte er zum ersten Mal, seit Annes Mutter gestorben war, nicht mit „bestens" geantwortet. Enrico hatte in der Nacht hohes Fieber bekommen und war ins Krankenhaus gebracht worden, wo er nun beatmet wurde. Maria war panisch. Annes Vater tat zwar immer noch so, als ob das alles kein Problem wäre, aber Anne spürte, dass es ihm nicht gut ging. Dann hatte er den Satz gesagt: „Wenn mich das Virus erwischt, wäre ich ja lieber in einer Berliner Klinik. Das ist schon recht rudimentär hier."

Danach hatte es für Anne kein Halten mehr gegeben. Sie hatte sich die Nummer von Ron geben lassen und ihn aus freien Stücken angerufen. Doch dummerweise war Rons Handy ausgeschaltet. Sie hatte es den ganzen Abend über versucht. Erfolglos. Eine zweite schlaflose Nacht verbrachte sie damit, endlich eine Alternative für eine schnelle Rückreise zu finden. Ein Schiff, ein Fahrdienst, irgendetwas. Die Suche blieb erfolglos. In der Krise wurden alle Wege zur Sackgasse. Die Nacht endete morgens um sieben mit weiteren Anrufversuchen bei Ron. Er war Annes letzte Chance. Um acht Uhr war sie in ihren Smart gestiegen.

Den Drachen hatte sie zu Hause gelassen. Selbst, wenn er mitgewollt hätte: Nach den Sprüchen, die er angesichts der Infektion von Enrico gebracht hatte, war Anne sauer auf ihn. „Natürliche Auslese.“ Er hatte sie nicht stoppen können. Nichts hatte sie stoppen können. Sie musste mit Ron reden. Er war ihre einzige Hoffnung. Natürlich würde sie nicht mit ihm zusammen nach Italien fahren, aber das war ja auch gar nicht notwendig. Er konnte sich alleine auf den Weg machen. Es ging schließlich auch um seine Mutter, die mit Ende sechzig genauso wie Papa zur Risikogruppe gehörte.

Anne bog von der Bundesstraße in eine Seitenstraße. Sie konnte kaum glauben, dass sie sich noch in Berlin befand, so lange war sie schon unterwegs. In diesem Teil der Stadt war sie noch nie gewesen. Mahlsdorf. Die Gegend wirkte wie eine gemütliche Kleinstadt. Nach einigen Kilometern auf der Nebenstraße nicht einmal mehr das. Es gab nur noch Einfamilienhäuser, hinter denen Wälder und Felder begannen. Sie hatte von Monika Rons Adresse bekommen, suchte nach der Hausnummer 42. Ab den Dreißigern war die Straße voller Schlaglöcher. Die Abstände zwischen den Häusern wurden größer. Bei 41 hörte die Zählung auf, die Straße endete. Anne wendete, fuhr noch einmal hin und zurück. Doch sie hatte nichts übersehen. 41, dann war Schluss. Oder war der verstaubte Feldweg Richtung Osten Teil der Straße?

Seufzend legte Anne den ersten Gang ein, als sie Autospuren auf dem Weg sah. Große Reifen hatten die Abdrücke hinterlassen. Ihr Smart hatte eine andere Spurbreite und ruckelte über den hart gewordenen Lehmboden. Der Weg führte entlang verwilderter Buschreihen, ging dann um eine Rechtskurve, hinter der zwei ausgeschlachtete Karosserien den Weg säumten. Ein großer Stapel gehacktes Holz kam als nächstes, undefinierbarer Schrott, vergilbte Regentonnen. Anne hatte das Gefühl, in einem Endzeitfilm gelandet zu sein. Doch sie entdeckte als nächstes mannshohe, mit Ranken überwachsene Mauern, die ein altes Haus umgaben, und an der Einfahrt die Hausnummer 42.

Das rostige Tor war geschlossen. Darüber befand sich eine Überwachungskamera, deren Bewegung Annes Fahrt bis zur Mauer verfolgte. Für einen Moment dachte Anne sehr ernsthaft darüber nach, den Rückwärtsgang einzulegen und höchstpersönlich mit dem Smart nach Italien zu fahren. Ron war offensichtlich durchgeknallter, als sie sowieso schon gedacht hatte. Doch im nächsten Moment öffnete sich das Tor. Wie von Geisterhand geschoben fuhren die beiden Flügel der Tür nach außen. Anne hätte nicht erwartet, dass das alte Tor elektrisch bedient werden konnte. Sie hätte noch viel weniger erwartet, was dahinter zum Vorschein kam: Ein gepflegter Innenhof mit einem pittoresken Brunnen, Blumenbeeten und einer Veranda wie bei einem amerikanischen Saloon – inklusive Hollywoodschaukel. Eine Handvoll Hühner lief umher, pickte Körner vom Weg. Der Hof wurde von drei Gebäuden gesäumt: Einem zweigeschossigen Wohnhaus, einer großen Garage und einer Art Stall, in dem Anne ein Pferd sehen konnte. Obwohl die Gebäude nach Marke Eigenbau aussahen, wirkten sie auffallend modern. Eckige Formen, Beton und Glas. Quadratische Fenster mit Holzrahmen, solide gearbeitete Holztüren. Hinter dem Haus befand sich eine verwilderte, aber nicht gänzlich ungepflegte Wiese mit Obstbäumen, mehreren Beeten und einem Gewächshaus aus einem Holzgerüst. Tischler war Rons gelernter Beruf. Anne war sich da nun wieder sicher.

Sie stoppte ihren Wagen direkt hinter dem Eingangstor. Es war niemand zu sehen, also blieb sie erst einmal im Wagen sitzen. Sollte sie an der Haustür klingeln? Die Entscheidung wurde ihr abgenommen. Eine Stahltür neben dem Stall zu ihrer Rechten öffnete sich. Ron erschien dort. Anne sah, dass hinter ihm eine Treppe nach unten führte. Er kam mit einem erfreuten Lächeln auf sie zu. Die großen Hände winkten, sicher hatte er sie nicht gewaschen. Anne überlegte, ob sie einfach im Auto sitzen bleiben konnte für die anstehende Unterhaltung. Am besten mit geschlossenen Fenstern, aber das wäre selbst für die Coronazeit auffällig unhöflich gewesen.

„Anne! So eine Überraschung! Was machst du denn hier? Warst du gerade in der Gegend?"

Ron lachte einnehmend. Er war schon an ihrem Wagen angekommen und riss die Tür auf, bevor sie sich sortiert hatte. Er reichte ihr die Hand.

„Könntest du vielleicht einen Schritt zurücktreten?", bat sie ihn.

„Ach, Corona, ja."

Er tat, wie ihm geheißen. Anne stieg aus dem Wagen, auch wenn sie das Gefühl hatte, verseuchte Luft einzuatmen. Das musste sie nun vergessen. Es ging um etwas Größeres, um das Leben ihres Vaters.

„Ich konnte dich nicht telefonisch erreichen", sagte sie und bemühte sich, dabei nicht allzu vorwurfsvoll zu klingen.

„Oh! … Ah! … Ich war im Bunker. Da habe ich immer ganz schlechtes Netz. Stahlbeton!"

Er deutete auf die Stahltür, durch die er gekommen war.

„Du hast in einem Bunker geschlafen?"

„Ich hab' ein bisschen aufgeräumt. Gibt ja doch einiges zu tun gerade wegen … weißt schon. Hab' dann auch unten gepennt. Die Feldbetten sind bequemer, als man denkt. Übrigens: Platz für sechs Personen. Können vollkommen autark zwei Monate überleben, ohne …"

„Gut, mh, können wir kurz über die Eltern reden?"

„Ja, na klar. Komm ins Haus. Möchtest du einen Kaffee?"

Er machte sich bereits auf den Weg zum Haus.

„Sei mir nicht böse. Wir haben nicht viel Zeit."

„Was ist denn los?"

Er blickte sie besorgt an und blieb stehen. Anne berichtete in knappen Worten von Enricos Verlegung ins Krankenhaus und dem nun doch existierenden Wunsch ihrer Eltern, zurück nach Berlin zu kommen. Sie schilderte ihre erfolglose Suche im Internet nach einem sicheren Rückweg, betonte die Gefahr bevorstehender Grenzschließungen und schloss mit dem Satz: „Deswegen möchte ich dich bitten, die beiden abzuholen."

Rons Stirn legte sich in Falten, aber er nickte schon nach wenigen Sekunden.

„Wir können noch heute losfahren", verkündete er entschlossen.

„Ich denke, es reicht, wenn du alleine fährst. Ich muss ja arbeiten und … mh … wozu braucht man zwei Leute?"

Sie versuchte, nicht allzu unsicher zu klingen. Rons Stirn bekam noch mehr Falten, aber er nickte erneut.

„Okay, okay. Ja."

Anne spürte trotz der Virenlast in der Luft die Erleichterung. Sie rechnete Ron hoch an, dass er ein Mann der Tat war.

„Es sind circa vierundzwanzig Stunden reine Fahrtzeit", gab Anne ihre Recherchen wieder. „Kann man mit Kaffee und regelmäßigen Pausen in zwei Etappen schaffen. Morgen Abend bist du dort. Und wenn ihr am nächsten Tag sofort wieder losfahrt, wäret ihr Mittwoch wieder hier."

Sie lächelte tapfer. Vier Tage Ungewissheit waren zwar

eine Horrorvorstellung, aber es war eine Perspektive. Es gab Anne Hoffnung. Doch Ron nickte nicht mehr.

„Was ist?“, hakte Anne nach.

„Vierundzwanzig Stunden Fahrzeit, ja?“

„Ungefähr. Ich weiß nicht, wie schnell du fahren kannst.“

„Na ja, also ich rechne eher mit sechs Stunden am Tag. Maximal.“

„Sechs Stunden? Was machst du denn in der restlichen Zeit?“

„Pausen. Auch mal schlafen.“

Anne erinnerte sich noch gut daran, als sie von Aachen nach Berlin gependelt war. Sechs Stunden hatte sie damals gänzlich ohne Pause geschafft. Was würde dieser Prepper machen, wenn wirklich ein Krieg ausbräche? Nickerchen?

„Sorry, aber …“, stammelte Ron verlegen. „Deswegen wäre es vielleicht doch besser, wenn wir zusammen fahren. Wir könnten uns abwechseln.“

„Nein, nein“, insistierte Anne. „Ich kann nicht mitkommen. Auf keinen Fall. Aber du wirst doch … Also acht Stunden kann man mindestens fahren. Ich dachte, du bist so ein … Du bist auf alles vorbereitet.“

Ron sagte nichts. Er schaute unglücklich an Anne vorbei ins Nichts.

„Was?“, fragte sie ungeduldig.

„Ich … ich hab manchmal so … Schlafattacken. Sekundenschlaf. Bin schon mal am Steuer eingeschlafen. Seitdem …“

„Was?“, ging Anne entsetzt dazwischen.

„Aber sechs Stunden mit vielen Pausen, das geht“, erklärte er tapfer. „Kaffee, klar! Und ich habe auch Guarana Extrakt, damit bleibt man …“

„Nein!“

Anne sah es vor ihrem inneren Auge: Ron im Dämmerlicht am Steuer seines Wagens. Die Augen fallen ihm zu. Papa auf dem Beifahrersitz bekommt es zu spät mit. Schreie. Der Wagen durchbricht die Leitplanke, stürzt von einer Brücke über der Poebene in die Tiefe. Diese Bilder würde Anne nicht loswerden, wenn sie den Mann alleine auf die Reise schickte. Selbst, wenn er nicht alle in den Tod riss, würde er mindestens doppelt so lange für dieses Himmelfahrtskommando benötigen, wie es gerade noch ertragbar war.

„Ich komme mit“, sagte sie entschlossen, während eine Hitzewelle durch ihren Körper schoss.

4

„Du machst wasss?“

Der Drache starrte Anne durch seine blauen Augen mit blankem Entsetzen an.

„Geht nicht anders“, knurrte Anne und zog den Koffer vom Schrank.

Sie stand nach einem schnellen Reinigungsritual nackt in ihrem Schlafzimmer und versuchte zu funktionieren. Der Koffer landete geöffnet auf dem Bett. Was musste sie mitnehmen?

„Du willst in einem fremden Auto mit der aufdringlichen Bartkloake in dasss Land fahren, in dem die Menschen reihenweise an Coronaviren sterben? Bist du wahnsinnig?“

„Ich habe es dir erklärt. Es geht nicht anders.“

„Du wirst sterben.“

„Quatsch.“

„Die Wahrscheinlichkeit, dasss du auf dieser Reise stirbst, ist riesig.“

„Sei jetzt still.“

Sie konnte nicht klar denken mit dem Drachen neben ihr, der sich auf die Hinterbeine gestellt hatte und sie durchdringend anstarrte. Sie wusste nicht, wie viel Zeit Ron ihr ließ. Er musste ebenfalls packen und noch einige Dinge „regeln“, wollte sie dann so schnell wie möglich abholen, damit sie heute noch weit in Richtung Süden fahren konnten.

„Und dasss allesss für deinen Vater?", fragte der Drache. „Der nie für dich da war? Der dich nicht zu schätzen weisss?"

„*Er* stirbt sonst!", rief Anne viel zu laut.

Der Drache rollte mit den Augen.

„Er ist alles, was ich noch habe!", schrie sie.

Der Drache schüttelte unbeeindruckt den Kopf.

„Du hast doch mich."

„Ach!"

Anne winkte unwirsch ab. So kam sie nicht weiter. Sie musste Frau Kabongo anrufen. Sie ließ den Koffer stehen und eilte in die Küche, wo sie ihr Handy abgelegt hatte. Noch nie hatte sie Frau Kabongo an einem Sonntag angerufen. Aber sie hatte auch noch nie kurz davorgestanden, sich auf eine solche Reise zu begeben. Zumindest nicht, seit der Drache bei ihr wohnte. Mit zitternden Fingern scrollte Anne durch ihre kurze Kontaktliste, drückte die Nummer bei „Lisa Kabongo (Therapeutin)". Der Drache war ihr auf den Hinterbeinen gehend gefolgt. Als er sah, was sie tat, verkrümelte er sich in eine Ecke, rollte sich in seinen Schwanz ein wie eine Katze. Das tat er immer, wenn es um Frau Kabongo ging.

„Frau Wolf!", hörte Anne am anderen Ende der Leitung die freundliche Stimme ihrer afrodeutschen Therapeutin. „Was für eine Überraschung. Alles okay?"

„Mh, ja, entschuldigen Sie die Störung am Sonntag …"

„Kein Problem. In der Coronazeit gibt's eh keine Wochentage mehr."

Sie lachte bitter. Frau Kabongo war alleinerziehende Mutter von zwei Jungs, deren Schule zwei Wochen lang wegen einer nachgewiesenen Coronainfektion geschlossen gewesen war. Dass die letzten Therapiestunden deswegen über einen Videochat gelaufen waren, hatte Anne gar nicht so schlecht gefunden. Doch Frau Kabongo hatte es belastet. Am nächsten Tag sollte die Schule der Jungs eigentlich wieder öffnen, aber Anne hatte im Internet gelesen, dass einen Tag später alle Berliner Schule auf unbestimmte Zeit geschlossen werden sollten. Sie konnte nur erahnen, was das für ihre Therapeutin bedeutete.

„Was ist denn los?“, fragte Frau Kabongo mit der Offenheit, die Anne so an ihr mochte.

Hastig berichtete Anne von der Situation. Frau Kabongo ließ sie ausreden, stellte nur Verständnisfragen. Als Anne geendet hatte, war es kurz still in der Leitung. Anne wurde unsicher. Der Drache blickte zum ersten Mal während des Gesprächs zu ihr herüber. Erwartungsvoll.

„Frau Wolf, Respekt! Ich finde das großartig.“

„Wirklich?“, fragte Anne mit einer Mischung aus Überraschung und Erleichterung. „Sie sehen da kein Problem?“

„Ich sehe reihenweise Probleme. Aber ich höre an Ihrer Schilderung, dass Sie sich diesen Problemen stellen wollen. Und das ist wunderbar.“

Anne atmete tief durch. Aus den Nüstern des Drachens stoben kleine Schwefelwolken. Er vergrub seinen Kopf wieder unter seinem Schwanz.

„Schaffe ich das denn?“, fragte Anne.

„Das kommt darauf an, was sie mit *schaffen* meinen“, antwortete Frau Kabongo. „Es wird Ihnen schwerfallen. Sie werden an Ihre Grenzen gelangen. Aber ich kenne Sie ja nun schon seit einigen Jahren und ich weiß, Sie wachsen an Aufgaben. Können Sie sich erinnern, wie unvorstellbar es Ihnen erschien, in einem Büro zu arbeiten? Wissen Sie noch, wie schwer es war, Ihren Vater in seiner Wohnung zu besuchen? Sie haben das alles hinbekommen. Sie waren im Januar sogar in der Philharmonie.“

Anne musste lächeln bei der Erinnerung an einen außergewöhnlichen Abend, der sie viel Kraft gekostet, ihr aber auch ein schon nicht mehr gekanntes Glücksgefühl gegeben hatte.

„Wir leben in verrückten Zeiten, Frau Wolf. Auf die Sie außergewöhnlich gut vorbereitet sind. Nutzen Sie das. Nutzen Sie das und Ihre Beharrlichkeit. Dann werden Sie auch an dieser Reise wachsen."

Annes Brustkorb füllte sich zum ersten Mal seit dem Entschluss in Mahlsdorf wieder vollständig mit Sauerstoff. Der Druck ließ nach. Die Bestätigung war genau das, was Anne brauchte. Diese Therapeutin war ein Goldschatz. Annes Blick fiel auf den Drachen.

„Aber der Drache muss mit?", fragte sie in den Hörer.

„Das wird sich nicht vermeiden lassen", kam es zurück.

Der Drache blickte mit finsterem Blick auf. Er war sauer.

„Suchen Sie einen Platz für ihn. Geben Sie ihm den Raum, den er braucht. Aber zeigen Sie ihm auch ganz klar, dass Sie das Kommando haben. Nicht er."

Anne nickte entschlossen und fixierte den Drachen dabei mit ebenso finsterem Blick. Sie gewann den kleinen Anstarrwettbewerb. Mit einem „Pah" rollte er sich wieder zusammen.

„Gut", sagte Anne. „Können wir kurz noch ein paar Situationen durchgehen und wie ich damit umgehen soll?"

„Natürlich", sagte Frau Kabongo.

Als Anne knapp zwei Stunden später die Haustür öffnete, fühlte sie sich gewappnet. Ron hatte sie länger warten lassen, als es ihr lieb war. Umso genauer hatte sie sich allerdings vorbereiten können. Nicht nur mental.

„Hi!", sagte sie zu Ron, der bereits viel zu nah vor der Haustür stand. „Das hat aber gedauert."

„Ja, ich musste noch jemanden einweisen, der sich um die Tiere kümmert. Und hab kurz noch den Wagen getankt, sauber gemacht. Weißt schon."

Er lächelte, als ob Anne sich darüber freuen sollte.

„Kannst du mir einen Gefallen tun?", fragte sie stattdessen.

„Na klar."

„Mein Koffer war so schwer. Er steht oben vor der Wohnungstür. Könntest du ihn holen?"

„Oh, okay. Klar. Wieso sagst du das denn nicht gleich?"

Er deutete auf die Gegensprechanlage und lachte dabei. Anne antwortete nicht, dabei hatte dieses Vorgehen einen Grund. Einen Grund, den Ron nicht kennen musste.

„Ich warte gerne im Auto. Wo ist es denn?"

„Hm."

Er drehte sich um und deutete hinter sich an den Straßenrand. Anne brauchte eine Sekunde, um es zu verstehen. Nicht, weil das Auto so klein war. Nein. Sie hatte das, was da vor den anderen geparkten Autos stand nur aus dem Augenwinkel wahrgenommen und für eines der zahllosen Baustellenfahrzeuge gehalten, die die Nachbarschaft immer wieder heimsuchten. Dort stand ein grüner Land Rover in der Größe eines Mannschaftswagens. Hinten dran hing ein dunkelgrauer Anhänger, der entfernt an einen Panzer erinnerte. Obwohl nicht ungewöhnlich groß, hatte der Anhänger zwei Reifenachsen. Eine befand sich auf der Straße, eine zweite war nach oben eingefahren – wahrscheinlich, um auf dem Weg über den Mond herausgefahren zu werden. Es gab auf der Seite schmale Fenster aus Plexiglas, ansonsten wirkte das Gefährt geradezu kugelsicher verschlossen. Dennoch erkannte Anne letztlich die Form eines Wohnwagens.

„Oh", entfuhr es Anne.

„Ich sag ja", entgegnete Ron nicht ohne Stolz. „Ich bin gut vorbereitet. Willst du mal in den Wohnwagen schauen? Klein, aber oho! Das beste auf dem Markt!"

„Später vielleicht."

Anne wollte keine weitere Zeit verlieren. Ron nickte verstehend. Er eilte zu dem Geländewagen und öffnete galant die Beifahrertür.

„Bitte sehr, die Dame“, sagte er dabei und gestikulierte höflich.

„Danke.“

Anne stieg mit ihrer überdimensionalen Handtasche und dem Proviantbeutel auf den Beifahrersitz.

„Bin gleich wieder da“, flötete Ron.

Anne nickte freundlich und schaute zu, wie er zurück zum Haus eilte. Kaum war er darin verschwunden, riss Anne ihre Handtasche auf und holte das Desinfektionsmittel heraus. Mit einem getränkten Lappen und der gebotenen Gründlichkeit machte sie sich ans Werk. Fahrersitz, Lenkrad, Armaturenbrett, Schaltung, zuletzt auch ihr Sitz und alles, was sich in unmittelbarer Nähe davon befand.

„Die Fenster nicht?“, fragte der Drache süffisant.

Er hatte es sich in der Reihe hinter Anne bequem gemacht. Dort war locker Platz für drei Personen. Genau wie noch eine Reihe weiter hinten. Der Wagen war riesig. Immerhin konnte man gut Abstand halten, wenn sie mit den Eltern gemeinsam zurückfahren würden.

„Ich bin ja noch nicht fertig“, gab Anne zurück.

„Ist bei dieser Dreckskiste aussichtslosss. Der Doofbommel hat sie ‚sauber gemacht‘. Will er unsss verarschen?“

Ein schneller Blick durch das Wageninnere hatte offenbart, dass Ron etwas anderes unter „sauber machen“ verstand als Anne. Gut, es flog kein Müll herum, aber gewischt hatte er im Inneren des Fahrzeugs garantiert seit Ewigkeiten nicht. Doch das war zu erwarten gewesen. Man konnte es in den Griff bekommen. Anne verwendete mittlerweile den dritten Lappen. Mit diesem machte sie sich an die Fenster. Sie genoss den frischen Duft, der sich im Auto verbreitete. Sie wusste, dass er Ron stutzig machen würde, also öffnete sie ihre Tür zum Durchlüften. Ein Abstrich, denn so konnten theoretisch neue Fremdkörper in den Wagen gelangen. Genauso war es ein Abstrich, dass sie sich nicht um den Rest des Wagens kümmern konnte. Aber das hatte sie mit Frau Kabongo besprochen: Für die nächsten Tage würde Anne mit einem kleineren Schutzraum auskommen müssen. Ohne das Gefühl absoluter Sicherheit wie in ihrer Wohnung. Sie machte es für einen überschaubaren Zeitraum. Und für ein größeres Ziel.

Während sie mit einem desinfizierenden Feuchtigkeitstuch zuletzt ihre Hände reinigte, öffnete sich die Haustür. Ron kam mit ihrem Koffer heraus. Er trug ihn, als ob er aus Styropor wäre. Dabei brachten allein die sieben Liter Desinfektionsmittel ein ordentliches Gewicht auf die Waage. Ron ging zur Rückseite des Land Rovers, öffnete die Ladetür und hievte Annes Koffer auf die dort stehenden Kisten. Dabei musste er ein kleines, in durchsichtige Folie verpacktes Stofftier zur Seite legen. Anne beobachtete über den Rückspiegel, wie Ron kurz dastand mit dem Tier, das aussah wie ein verunglücktes Schwein, dafür keinen geeigneten Platz im Kofferraum fand und es dann kurzerhand mit nach vorne nahm. Während er einstieg, drückte er es kommentarlos in die Seitentasche der Fahrertür.

„Wow, ist dir Desinfektionsmittel ausgelaufen?“, fragte er lachend, als er den Geruch vernahm.

„Äh, nein“, sagte Anne schnell. „Ich habe mir nur etwas an die Hände gemacht. Will ja nichts reinschleppen hier.“

„Ach, ich sehe das nicht so eng.“

Er winkte ab.

„Genau dasss befürchten wir.“

„Find’s arg übertrieben, was die einem jetzt alles erzählen wollen …“, erklärte Ron.

„Sagt der Mann, der einen Bunker unter seinem Haus hat“, konterte der Drache. „Wofür preppt er denn, wenn nicht für Pandemien?“

Der Drache schaute Anne fragend an. Sie hatte keine

Lust auf diese Unterhaltung. Für sie war es wichtiger, mit der neuen Situation klar zu kommen. In einem weitestgehend unsauberen Auto, mit einem weitestgehend unsauberen Mann.

„Glaubst du wirklich, dass dieses Coronazeug so gefährlich ist?", fragte Ron, während er den Wagen startete.

„Du gar nicht?", rutschte Anne dann doch heraus.

Tatsächlich verstand auch sie nicht, wie Rons Preppen mit seiner Sorglosigkeit zusammenpasste.

„Was ist daran schlimmer als an einer normalen Grippe?", fragte er. „An der sterben auch jedes Jahr Tausende, und keinen interessiert's."

„Ach du Scheiße", zischte der Drache auf dem Rücksitz. „So einer ist dasss."

„Und warum gibt's dann immer mehr Restriktionen in zahlreichen Ländern?", fragte Anne sachlich zurück.

„Das ist die Frage. Das ist *genau* die Frage."

Er nickte bedeutungsvoll.

„Wer profitiert von diesen Restriktionen? Was wollen die Regierungen damit erreichen?"

„Ach, guck mal!", rief der Drache von hinten. „Ich habe hier einen Aluhut unter dem Fahrersitz gefunden."

Anne übte sich in Geduld.

„Du glaubst nicht, dass deine Mutter und mein Vater in Gefahr sind?"

„Doch, schon. Ältere Leute müssen sich vor der normalen Grippe auch in Acht nehmen. Deswegen holen wir sie ja. Aber die Kinder nicht mehr in die Schule gehen lassen? Grenzen sperren? Die Wirtschaft runterfahren? Wegen einer Grippe? Da stimmt doch was nicht."

Sie standen an der Ampel, um auf den Tempelhofer Damm zu biegen. Nicht einmal fünfhundert Meter der rund zweitausendfünfhundert Kilometer hatten sie hinter sich, und Anne fühlte sich bereits erschöpft.

„Wenn man sich ein wenig informiert, also auf Internetseiten jenseits der Mainstream-Medien, stößt man auf interessante Theorien. Wusstest du, dass …“

„Ron?“, unterbrach Anne, während der Drache in schallendes Gelächter ausbrach.

„Ja?“

„Du, mh, ich muss leider ein bisschen arbeiten auf der Fahrt. Können wir uns später unterhalten?“

„Arbeiten?“

Anne zog demonstrativ ihren Laptop aus der Handtasche. Sie klappte ihn auf und schaltete ihn ein.

„Die Jahresabschlüsse stehen an. Das kann nicht warten.“

„Oh. Okay.“

Er wirkte enttäuscht.

„Sag mir, wenn du müde wirst“, schob Anne schnell hinterher. „Dann tauschen wir.“

Der Laptop meldete sich mit einer Fanfare betriebsbereit.

„Natürlich“, sagte Ron bedrückt und gab Gas.

5

Hinter Leipzig fiel Anne zum ersten Mal auf, dass Ron unverhältnismäßig viel Cola trank. Er hatte im Nu eine ganze Literflasche geleert. Als er einige Zeit später immer wieder die Augen weit aufriss oder flatternd blinzelte, konnte sie sich nicht mehr länger auf die Exceltabellen vor ihr konzentrieren.

„Er hat nicht übertrieben“, murmelte der Drache vom Rücksitz. „Der pennt gleich ein. Weltuntergang würde er verschlafen, hm?“

Bis dahin hatte die Arbeit Anne sehr gut abgelenkt. Genau wie im Büro. Solange sie sich auf die Zahlen konzentrierte, konnte sie alles andere ausblenden. Doch das war nun vorbei.

„Behalte ihn im Auge“, mahnte der Drache. „Behalte ihn gut im Auge.“

Anne musterte Ron genauer. Sein ausdrucksstarkes, aber doch freundliches Gesicht mit dem wilden Bart. Ruhige Augen. Er sah nicht aus wie ein Verschwörungstheoretiker, aber wie genau sahen die aus? Glaubte er tatsächlich, dass die Regierungen der Welt sich zusammengetan hatten und Corona erfanden? Und das erschien ihm wahrscheinlicher, als dass wirklich ein gefährliches Virus unterwegs war?

„Wenn er die ganze Pandemie nicht ernst nimmt“, schaltete der Drache sich ein. „Wäscht er sich dann überhaupt die Hände? Jemalsss?“

Anne blickte auf Rons Hände am Lenkrad. Kräftige Hände, durchaus gepflegt.

„Wasss heißt schon gepflegt? Wasss er allein angefasst hat, seit er dich abgeholt hat. Und davor? An der Tankstelle? Wer weiß, wo er sonst noch war …“

Anne entdeckte Erde unter dem Fingernagel von Rons rechtem Ringfinger.

„Esss geht ja nicht nur um Corona. Der kann sonstwasss insss Auto schleppen. Und du willst die nächsten Tage mit ihm …“

„Können wir da anhalten?“

Anne hatte ein Schild entdeckt, das einen Rastplatz ankündigte. Sie war froh, den Drachen stoppen zu können. Auf keinen Fall durfte sie sich auf eine seiner endlosen Reden einlassen.

„Wir könnten dort tauschen“, stellte sie freundlich in Rons Richtung fest.

„Och, geht noch.“

Anne schaute ihn kritisch an. Er sah es.

„Mir würde eine kleine Pause reichen“, erklärte Ron.

„Ich fahre gerne“, entgegnete Anne.

Ron wirkte unglücklich bei dieser Aussicht. Dabei stimmte es. Anne war früher immer gerne Auto gefahren. Auch längere Strecken. Sie konnte dabei gut abschalten. Ron sagte nichts.

„Was ist das Problem?“, hakte sie nach. „Dafür bin ich doch mitgekommen.“

„Natürlich, ja. Aber … Das ist ein ganz schön großes Auto. Und mit dem Anhänger ist das Manövrieren echt nicht leicht.“

„Okee“, sagte der Drache. „Virenschleuder, Verschwörungstheoretiker *und* Chauvi! Der Mann wird immer sympathischer.“

„Du traust mir das nicht zu?“, fragte Anne Ron.

„Du fährst einen Smart."
„Weil ein größeres Auto in der Stadt nicht notwendig ist."
„Bist du denn schon mal mit etwas Größerem gefahren?"
Aus dem Augenwinkel sah Anne, wie der Drache müde den Kopf schüttelte.
„Bist du kein hilfloses Weibchen?", äffte er Ron nach.
„Ja, das bin ich", erklärte Anne Ron. „Ich habe damals meinen Umzugslaster selbst gefahren."
Ron schaute sie beeindruckt an. Er setzte den Blinker.

Während Ron auf der Raststätte „die Cola wegbrachte", verbrauchte Anne zwei weitere Lappen, um den Fahrersitz auf Vordermann zu bringen. Bloß dem Drachen keine Chance geben, das Kommando zu übernehmen.
„Allmählich glaube ich, dass du das Desinfektionsmittel als Parfum benutzt", sagte Ron lachend, als er zurückkam und auf den Beifahrersitz kletterte.
„Der Mann hatte eben einen Hustenanfall. Ich dachte, zur Sicherheit mache ich mir was auf die Hände."
Sie deutete auf den Lastwagen neben ihnen, in dem der Fahrer sich anschnallte. Natürlich war er nicht einmal in die Nähe von Anne gekommen, geschweige denn, dass er gehustet hatte. Dennoch schickte Ron ihm nun einen kritischen Blick.
„Hat er dich absichtlich angehustet?"
Anne nahm ein innerliches Aufplustern bei Ron wahr.
„Nein, nein", sagte sie schnell. „Er hat mich nicht neben sich stehen sehen."
„Hat er sich entschuldigt?"
„Natürlich. Können wir los?"
Ron nickte, ohne den Blick von dem Laster zu nehmen, der zurücksetzte und den Parkplatz verließ. Auch Anne startete den Land Rover mit dem frisch geputzten Autoschlüssel. Der Motor sprang an, Anne ließ die Kupplung

kommen und würgte den Motor direkt wieder ab. Damit lag Rons Aufmerksamkeit dann doch wieder bei ihr.

„Langsam kommen lassen."

Anne startete erneut. Dieses Mal setzte der Wagen sich in Bewegung. Da Ron auf einem Lkw-Parkplatz gehalten hatte, konnte Anne vorwärts herausfahren. Sie wurde jedoch unsicher, als sie wahrnahm, wie lang das Fahrzeug samt Anhänger war. Über die Außenrückspiegel konnte sie kaum die Straße hinter sich sehen. Ja, sie hatte den Umzugswagen gefahren, aber das war zehn Jahre her. Und er hatte keinen Anhänger gehabt. Als sie in einer leichten Kurve zur Auffahrt fuhr, spürte sie, wie träge der Wohnwagen war. Unberechenbar geradezu. Vor sich sah sie die gut befahrene Autobahn. Lastwagen auf der äußeren Spur, kaum Lücken.

„Hast du den Mund vielleicht doch zu voll genommen?", fragte der Drache süffisant.

In dem Moment erinnerte sich Anne an Frau Kabongo. Wie ihre Therapeutin sich sicher gewesen war, dass Anne an ihrer Aufgabe wachsen würde. Sie spürte die Länge und Größe des Fahrzeugs. Die Last der Aufgabe. Aber sie spürte auch, wie sie dieses Gefährt unter Kontrolle hatte. Sie steuerte es. Sie hatte es in der Hand. Und unter dem Fuß. Sie drückte das Gaspedal durch, der Land Rover nahm Fahrt auf. Anne wuchs. Ron lachte.

„Geht doch!", rief er, als Anne in den Verkehr einfädelte und noch einmal Gas gab.

Sie musste lächeln, denn die Kraft des Land Rovers fühlte sich gut an.

„Was ist mit deinem Gesicht?", fragte Ron entsetzt.

„Was? Wieso?"

Was war denn jetzt los? Anne tastete erschrocken ihre Wangen ab.

„Ach, jetzt kapier ich's", sagte Ron bierernst. „So siehst du aus, wenn du lächelst."

Er lachte schallend. Anne verzog das Gesicht zu einer Fratze, aber sie musste letztlich doch schmunzeln. Ja, wahrscheinlich hatte sie bei ihren bisherigen Begegnungen tatsächlich noch nie gelächelt.

„Haha", kam es gelangweilt vom Rücksitz.

Anne sagte nichts. Und Ron war klug genug, um nicht darauf herumzureiten. Er war leider nicht klug genug, um es bei der angenehmen Stille zu belassen, die den Wagen erfüllte.

„Umzug, ja? Von wo nach wo?"

„Von Aachen nach Berlin", antwortete Anne knapp.

„Ach, du kommst nicht aus Berlin?"

Anne schüttelte den Kopf.

„Nee, aus der Nähe von Aachen. Und ich hab da auch studiert."

„Und warum dann Berlin?"

Annes gute Laune war längst wieder verschwunden. Das war genau die Art von Gespräch, auf die sie keine Lust hatte.

„Ich bin zu meinem Freund gezogen."

„Oh. Verstehe."

Er klang betroffen. Er wusste es. Von seiner Mutter wahrscheinlich. Anne hoffte inständig, dass er die Feinfühligkeit besaß, das Thema an dieser Stelle zu beenden.

„Er ist gestorben, nicht wahr?"

Er besaß die Feinfühligkeit nicht. Anne schwieg.

„Wie lange ist das her?", fragte Ron.

„Noch nicht so lange, dass ich gerne darüber rede", sagte Anne und blickte stur auf die Fahrbahn vor sich.

„Oh, sorry."

Es war eine Lüge. Julians Tod war sechs Jahre her. In der Therapie redeten sie regelmäßig darüber. Und es gab längst Tage, an denen Anne nicht mehr an ihn dachte. Er hatte seinen Platz in ihren Erinnerungen gefunden. Doch sie wusste sehr gut, dass man solche unnötigen Gespräche mit Betroffenheit abwürgen konnte. Wenn sie Glück hatte, jede Art von Gespräch für die Stunden, die sie das Steuer übernommen hatte.

„Magst du Rhabarber?"

Ron löste seinen Gurt und kletterte auf seinen Sitz, sodass er die Reihen hinter ihnen erreichen konnte. Der Drache hüpfte erschrocken zur Seite. Ron kramte in einer Metallkiste.

„Ganz frisch!", verkündete Ron. „Die Sorte hier ist gar nicht *so* sauer. Aber ich hab auch irgendwo Zucker."

Anne sah nur noch seinen Hintern neben sich. Als Ron sich streckte, rutschte ihm sein Holzfällerhemd aus der Hose.

„Bitte nicht!", zischte der Drache. „Jetzt auch noch sein Maurerdekolleté."

Tatsächlich konnte Anne Rons nackten Po sehen. Immerhin war er knackig. Sie konzentrierte sich auf die Straße vor ihnen. Ron tauchte wieder auf, mit einigen Stangen Rhabarber in der Hand.

„Hm?", machte er und hielt Anne eine davon hin.

„Roh sollte man den nicht essen", erklärte sie. „Die Oxalsäure kann Nierensteine verursachen."

„Oh je", antwortete Ron mit einem Lachen. „Dann müsste ich ja schon Felsen in der Niere haben."

Er biss krachend ein Stück Rhabarber an.

„Ich habe auch Möhren", erklärte er kauend. „Oder Äpfel. Alles aus eigenem Anbau."

„Später vielleicht."

„Ich baue über dreißig verschiedene Sorten Obst und Gemüse an", plapperte Ron weiter. „Außerdem habe ich Hühner. Hast du ja gesehen. Und auch zwei Schweine. Kaninchen. Ich kann mich komplett selbst versorgen."

„Okay."

Anne hatte kein Glück. Ron wollte endlich reden, und nichts konnte ihn aufhalten.

„Wasser ist ein Problem. Im Sommer vor allem. Ich hab den Brunnen, auch einige Tanks, die sind alle voll. Aber wenn's lange nicht regnet, das Grundwasser sinkt, dann wird's irgendwann knapp. Also zumindest mit Waschen und so."

„Schade, Darling", warf der Drache in Annes Richtung süffisant ein. „Kannst du doch nicht zu ihm ziehen."

„Trinkwasser wird immer da sein. Auch für drei oder vier Leute. Und Essen sowieso. Klar, wenn die Felder und das Gewächshaus verwüstet sind oder irgendwie verseucht, dann habe ich nur noch die Konserven. Der Vorrat ist endlich. Aber bis dahin sind die meisten anderen eh tot."

Er lachte. Eigentlich wollte Anne versuchen, durch beharrliches Nicht-Antworten das Gespräch auszutrocknen, aber an der Stelle konnte sie einfach nicht anders.

„Soviel ich weiß, ist bisher nur das Klopapier knapp", sagte sie. „Und das auch nur in den Läden."

„So sieht es im Moment aus. Aber wer weiß, was noch kommt."

„Du glaubst also doch, dass wir vor einer ernsten Krise stehen?"

„Ich weiß es nicht. Dass das Virus ungewöhnlich gefährlich ist, glaube ich nicht. Nein. Aber … Ich habe Bilder aus Italien gesehen. Ausgangssperren, Militär in den Straßen. Wer weiß, wohin uns das führt."

Er grinste Anne breit an und biss erneut ein Stück Rhabarber ab.

„Dich scheint das zu freuen."

Sie sagte es nicht einmal vorwurfsvoll, dennoch verschwand das Grinsen von Rons Gesicht. Er war plötzlich sehr viel ernster.

„Natürlich nicht", murmelte er. „Und ich hoffe wirklich,

dass der Spuk schnell vorbei ist. Aber … Ich weiß nicht, ich mache das jetzt schon ein paar Jahre. Du weißt schon. Das Preppen. Hab damals nach Fukushima angefangen. Da hat es Zoom gemacht: Was, wenn so etwas bei uns passiert? In großem Stil? Wir haben auch Atomreaktoren. Dann kamen ja auch noch einige Dinger. Erdbeben, Großbrände. Nicht bei uns, aber … Was, wenn wir bisher nur Glück gehabt haben? Deswegen mache ich das. Aber bisher war es einigermaßen sinnlos. Ich wurde belächelt oder sogar ausgelacht. Manche Leute wollten nichts mehr mit mir zu tun haben …"

Er klang verletzt, kaute einen Moment lang stumm.

„Kann mir kaum vorstellen, warum", warf der Drache ein.

„Aber jetzt …", fuhr Ron fort. „Ich hab' zum ersten Mal das Gefühl, alles richtigzumachen. Wirklich vorbereitet zu sein. Egal, wie schlimm es wird. Und ja, irgendwie freut es mich auch. Weißt du, ich erzähle sonst niemandem von meinen Vorräten, meinen Plänen …"

„Warum dann ausgerechnet heute?", jammerte der Drache.

„Wenn es ernst wird, ist es besser, dass so wenige Menschen wie möglich wissen, was ich habe. Deswegen sieht es vor dem Haus auch aus wie Sau."

Er grinste.

„Na ja, aber irgendwie muss ich … gerade jetzt … ich musste das mal jemandem erzählen. Und … das Komische ist, ich hatte das Gefühl, du würdest mich verstehen."

Er blickte Anne ernst an. Sie wich seinem Blick aus. Denn das Komische war, dass sie ihn tatsächlich verstand. Auf merkwürdige Art und Weise war er durch die Coronakrise an einem ähnlichen Punkt angelangt wie Anne selbst. Aber Ron konnte das nicht wissen. Niemand wusste von dem Drachen. Nur Frau Kabongo. Und so sollte es auch bleiben.

„Ganz ehrlich?", sagte Anne. „Ein bisschen schräg ist das schon."

Sie blickte ihn mitleidig an. Sie sah, dass es ihn traf. Sie kannte das Gefühl. Oft genug hatte sie es selbst erlebt. Wenn sie ein Händeschütteln verweigerte. Wenn sie im Büro erwischt wurde, während sie ihren Arbeitsplatz desinfizierte. Wenn jemand die vom vielen Waschen rot gescheuerten Hände sah. Sie kannte diesen Blick so gut, dass sie ihn perfekt nachmachen konnte. Ron schaute sie nicht mehr an. Er nickte ernst vor sich hin, biss wieder in seinen Rhabarber und blickte aus dem Fenster. Man hörte nur noch das Brummen des Land Rovers. Die Geräusche der überholenden Autos. Der Drache atmete durch.

„Gut gemacht", flüsterte er Anne ins Ohr. „Mal sehen, wie lang esss hält."

Es hielt erstaunlich lang. So lang, dass Anne irgendwann fast besorgt zu Ron hinüberschaute. Er blickte nach wie vor stumm aus dem Fenster. Nein, er hatte die Augen geschlossen. Er war eingeschlafen. Anne musste grinsen. Jetzt hatte sie ihre Ruhe.

6

„Da vorne rechts ist es“, verkündete Ron und setzte den Blinker. „Ach, nee, doch nicht. Noch eine weiter.“

Anne wurde zum ersten Mal stutzig. Angeblich kannte Ron den Campingplatz, den sie nun schon seit einer geraumen Weile suchten. Gut, es war dunkel, doch Ron hatte so geklungen, als ob er Stammgast auf dem Platz in der Nähe von Freiburg wäre. Damit hatte er Anne von dem kleinen Umweg überzeugt. Und jetzt konnte er den Platz nicht finden?

Eigentlich war Anne auch gar nicht so glücklich damit, dass sie bereits ihre Fahrt unterbrachen. Sie hatten gerade einmal acht Stunden hinter sich gebracht, nur ein Drittel der Gesamtstrecke, und Anne hätte sich noch einmal für eine Schicht ans Steuer setzen können. Es war früher Abend. Doch seit sie ein paarmal gegähnt hatte, ließ Ron nicht mehr mit sich diskutieren. Er wollte lieber früh rasten und ebenso früh am nächsten Morgen weiterfahren. Anne musste sich schließlich eingestehen, dass dies nach den zwei schlaflosen Nächten besser war.

Dennoch verstand sie nicht, warum es ausgerechnet ein kleiner Campingplatz am Rande des Schwarzwalds sein musste, der mindestens eine halbe Stunde Umweg bedeutete.

„Da! Jetzt aber!“

Ron hatte das Schild entdeckt, das zu dem ganzjährig

geöffneten Platz führte. Hätte man Anne wenige Tage zuvor gesagt, dass sie auf einem solchen nächtigen würde, wäre sie in schallendes Gelächter ausgebrochen. So wie der Drache, als Ron den Vorschlag gemacht hatte. Anne war natürlich davon ausgegangen, dass sie in Hotels oder Pensionen übernachten würden, doch überraschenderweise war ihr – und schließlich sogar dem Drachen – das mit dem Campingplatz gar nicht so doof vorgekommen. Nämlich genau dann, als Ron geschildert hatte, dass der Wohnwagen bisher noch unbenutzt war. Er besaß ihn erst seit wenigen Monaten, und er war ja auch nur gedacht für „du weißt schon". Das hieß, dass noch niemand darin geschlafen hatte. Außerdem konnte Anne sich nach der Fahrt sicher sein, dass ihn auch den ganzen Tag über niemand betreten hatte. Acht Stunden machten den meisten Erregern den Garaus. Damit würde sie in dem Wohnwagen weit sicherer sein als in einem Hotelzimmer, bei dem sie nie wusste, wer es wann und vor allem wie gründlich gereinigt hatte. Natürlich hatte Ron längst verkündet, dass sie alleine im Wohnwagen schlafen würde. Er wollte es sich im Land Rover bequem machen.

Nachdem sie auf den Platz gefahren waren, den die Frau an der Pforte ihnen zugewiesen hatte, schaffte Anne es, Ron vom Betreten seines eigenen Wohnwagens abzuhalten. Sie machte deutlich, dass sie den Wagen als ihr Reich ansah und dort gerne ungestört sein wollte. Sie würde sich schon zurechtfinden. Ihr Glück war, dass die kleine Küche des Wagens seitlich ausklappbar war, sodass Ron sie von außen benutzen konnte. Überhaupt war der Wagen ein wahres Raumwunder. An allen Ecken konnte man etwas ausziehen oder auch das Dach nach oben erweitern. So entstanden eine geradezu opulente Schlafecke für zwei Personen sowie eine Bank mit ausklappbarem Tisch, um daran zu essen oder auch, um Annes Koffer darunter zu verstauen. Als sich nach einer gründlichen Reinigung der Geruch des Desinfektionsmittels mit dem Geruch der neuen Materialien verband, fühlte Anne sich weit wohler, als sie es für diese Reise erwartet hatte. Auch der Drache hatte eine Ecke gefunden, in der er sich einrollte, ohne viel zu meckern.

„Auf dem Rückweg werden hier aber die Eltern schlafen", murrte er lediglich. „Dann ist dasss Träumchen vorbei."

„Ein Tag nach dem anderen", wiederholte Anne ein Mantra von Frau Kabongo.

Ein Problem war lediglich die Dusche. Es gab eine, aber auch diese ging nach außen. Sie bestand aus einem Duschkopf, einem Kunststoffboden und einem Vorhang. Das erschien Anne weder besonders hygienisch noch privat. Kalt war es zu dieser Jahreszeit zudem. Deswegen entschied sie sich für die Gemeinschaftsduschen, auch wenn sie dafür über den Campingplatz laufen musste, was den Effekt der Dusche gleich wieder torpedierte. Immerhin befanden sich kaum Gäste auf dem Platz, sodass sie auf ungestörtes Duschen hoffen konnte. Ohne Dusche ging es nach solch einem Tag auf keinen Fall.

Anne ließ sich Zeit, wusch gründlich ihren ganzen Körper und zog sich noch vor Ort einen eng sitzenden Jogginganzug an, der jede Körperstelle gut bedeckte. Damit wollte sie schnell in ihr neues Refugium huschen. Ein gemeinsames Abendessen hatte sie bereits mit Verweis auf übergroße Müdigkeit abgelehnt. Jetzt wollte sie auch wirklich so schnell wie möglich ins Bett.

Als sie über den Campingplatz eilte, fiel ihr Blick durch eine Baumreihe auf eine kleine Anhöhe am Rand des Platzes. Eine Gestalt stand dort. Ron. Er hatte einen Feldstecher vor den Augen und blickte damit in die Ferne. Anne stutzte. Es wirkte, als ob er feindliche Truppen beobachtete, die sich ihrem Lager näherten. War diese ganze Geschichte mit dem Preppen am Ende mehr als eine Marotte? Eigentlich wollte sie weiter. Sie sah schon die funkelnden Augen des Drachens, der durch das Plastikfenster des Wohnwagens erwartungsvoll zu ihr blickte. Doch Rons Verhalten in der letzten Stunde, sein Bestehen auf diesen Campingplatz und seine spürbare Unruhe verunsicherten Anne. Letztlich wusste sie nicht wirklich, mit wem sie unterwegs war. Also pirschte sie sich näher an ihn heran, die Anhöhe hinauf. Als sie seinem Blick durch das Fernglas folgen konnte, blieb sie stehen und verbarg sich hinter einem Baum. Ron schaute nicht auf feindliche Truppen, sondern auf eine Neubausiedlung mit zwei Dutzend Einfamilienhäusern, die sich in einem Kilometer Entfernung befanden. Einige davon waren erleuchtet, selbst mit bloßem Auge konnte Anne Bewegungen in den Wohnräumen ausmachen. Was beobachtete Ron?

„Er ist ein Spanner!“, verkündete der Drache, als Anne endlich zurück in den Wohnwagen gekommen war.

Sie verriegelte die Tür hinter sich und setzte sich unzufrieden auf ihr neues Bett.

„Noch einmal allesss desinfizieren, Darling“, erinnerte sie der Drache.

„Jetzt lass mal“, entgegnete sie.

Wenn sie drüber nachdachte, war Ron erstaunlich schnell einverstanden gewesen, nicht zusammen zu essen. Er hatte nicht einmal versucht, ihr ein weiteres Schwätzchen aufzudrängen. Auch nicht den Wein, von dem er auf der Fahrt noch geschwärmt hatte. Geradeso als ob er es wäre, der seine Ruhe haben wollte. Aber das passte nicht zu ihm.

Sie hörte Schritte vor dem Wagen. Ron kam zurück. Schnell schaltete sie die kleine Lampe am Bett aus und huschte zum Fenster. Ron ging mit dem Feldstecher in der Hand schnurstracks zum Land Rover. Er öffnete die

Fahrertür und holte etwas aus der Seitentasche. Das Stofftier! Anne sah im fahlen Licht einer Straßenlampe, wie er das merkwürdige Schwein auf die Motorhaube legte. Dann holte er etwas aus dem Handschuhfach. Ein Kuvert. Vorne stand etwas darauf, was Anne aus der Ferne nicht entziffern konnte. Plötzlich schaute Ron in ihre Richtung. Anne duckte sich. Dabei war es unmöglich, dass er sie im dunklen Wageninneren sehen konnte. Als sie wieder aufschaute, hatte er sich abgewandt. Er schloss leise die Wagentür, steckte das Kuvert in die Innentasche seiner Lederjacke und zog den Reißverschluss zu. Dann nahm er das Stoffschwein und machte sich zu Fuß auf den Weg in Richtung Ausfahrt.

„Da stimmt was nicht“, schloss Anne.

Sie griff sich ihre Jacke und zog sie über den Jogginganzug.

„Du willst jetzt nicht hinterher?“, fragte der Drache entsetzt.

„Ich will wissen, was mit ihm los ist.“

„Dasss kann dir doch egal sein. Wir sind hier in Sicherheit.“

„Wir sind noch ein paar Tage mit ihm unterwegs. Wenn er ein Psychopath ist, wüsste ich das gerne.“

Mit diesen Worten öffnete sie die Wohnwagentür. Das Stöhnen des Drachens ignorierend stolperte sie in die Dunkelheit.

„Dann kannst du gleich noch mal duschen“, hörte sie noch, doch die Tür fiel bereits ins Schloss.

7

Es überraschte Anne nicht, dass Ron die Siedlung ansteuerte, die er kurz zuvor mit dem Feldstecher ausgespäht hatte. Der Weg führte eine unbeleuchtete Allee entlang, sodass sie sich im Verborgenen halten konnte. Ron kam allerdings nicht auf die Idee zurückzuschauen. Er ging nicht davon aus, dass ihn jemand verfolgte.

Als er bei den ersten Häusern ankam, ging er zielstrebig weiter. Er wusste, wohin er wollte. Wahrscheinlich hatte er sein Ziel von der Anhöhe aus gewählt. Ein Haus, in dem jemand alleine war? Ein Kind? Anne hatte eine fürchterliche Vorahnung. Sie schloss auf, um Ron nicht aus den Augen zu verlieren.

Sie befanden sich in einer wohlhabenden Gegend. Große Häuser mit Doppelgaragen. In einem Garten entdeckte Anne einen Pool. Soweit man es im Licht der Straßenlaternen erkennen konnte, ähnelten sich die Häuser. Sie waren höchstens ein paar Jahre alt, hatten gepflegte Vorgärten und gestrichene Zäune. Häuslebauer, die etwas erreicht hatten und stolz darauf waren. Die hier mit ihren Familien lebten. Anne sah Kinderräder, Trampoline, einen Basketballkorb an einer Garage.

Ron verlangsamte das Tempo. Anne blieb an einer Ecke stehen. Sie sah, dass ihr Reisegefährte das Haus am Ende einer Seitenstraße ins Auge gefasst hatte. Die Rückseite dieses Hauses konnte man vom Campinglatz aus sehen. Es brannte Licht in einem der oberen Räume. Ron blieb stehen. Anne war froh, dass sie hinter einem SUV stand, denn Ron scannte plötzlich die Nachbarschaft. Er hielt nach Zeugen Ausschau. Niemand war auf der Straße unterwegs. Es war nach neun Uhr. Die Leute waren zu Hause und schauten den *Tatort*. Ron atmete noch einmal durch, ging dann zielstrebig auf das ausgewählte Haus zu. Vor dem Nachbarhaus des Zielobjekts gab es am Straßenrand eine Pergola mit Mülltonnen. Der perfekte Platz, um sich zu verbergen. Anne eilte auf Zehenspitzen näher, hockte sich neben die Restmülltonne und lugte vorsichtig um die Ecke. Keine zehn Meter von ihr entfernt betrat Ron den Vorgarten des anvisierten Hauses. Auf dem Weg zur Haustür griff er in seine Jacke und zog das Kuvert heraus. In der anderen Hand hielt er das Stoffschwein. Als er an der Tür angelangt war, ging er in die Hocke. Was sollte das? Er wollte gerade die Sachen auf die Fußmatte legen, als hinter der Tür das Licht ansprang. Selbst Anne konnte Schritte von drinnen hören. Erschrocken schoss Ron hoch. Mit Schwein und Kuvert in der Hand rannte er los, hielt Ausschau nach einem Versteck. Dummerweise befand Anne sich an dem perfekten Platz, um sich zu verbergen. Bevor sie reagieren konnte, stürmte Ron auf die Pergola zu und hechtete im Dunkeln in Annes Richtung. Er entdeckte sie erst, als er schwer atmend neben ihr in die Hocke ging.

„Anne?“, stieß er ungläubig hervor. „Was machst du hier?“

Anne war zu überrumpelt, um zu antworten. Sie kam darum herum, denn am Haus hatte sich mittlerweile die Tür geöffnet, was Rons Aufmerksamkeit auf sich zog. Er linste um die Ecke und hatte Anne noch im selben Moment vergessen. Er starrte mit halb geöffnetem Mund zum Haus. Anne folgte vorsichtig seinem Blick und sah die junge Frau, die er beobachtete. Nein, es war eher ein Teenager, nicht älter als sechzehn. Ein schlankes, großes

Mädchen, dessen gebückte Haltung durch den grauen Hoodie unterstützt wurde, den sie zu Jeans und Sneakern trug. Unter der Kapuze blitzten die langen dunkelblonden Haare hervor, das Gesicht blass, die Augenbrauen etwas zu stark nachgezeichnet, die Wimpern betont – der Billie-Eilish-Look. Das Mädchen ging zu einem Fahrrad am Straßenrand und öffnete das Schloss.

„O mein Gott“, entfuhr es Ron kaum hörbar.

„Wer ist das?“, flüsterte Anne.

„Meine Tochter“, antwortete Ron in einem Tonfall, als ob er es selbst nicht glauben konnte. „Sie ist so groß geworden. Sie … sie ist wunderschön.“

Seine Stimme brach. Trotz des fahlen Lichts sah Anne, dass er feuchte Augen hatte.

„Warum versteckst du dich vor ihr?“, fragte sie leise.

Ron schaute Anne unsicher an. Er suchte nach Worten, blickte wieder zu dem Mädchen. Gerade, als es auf ihr Rad stieg und Ron etwas sagen wollte, wurde die Haustür aufgerissen.

„Nicht dein Ernst, Leonie!“, rief eine Frauenstimme voller Empörung.

Anne machte in der Haustür eine Frau Ende Dreißig aus. Eine hagere Gestalt mit spitzem Kinn und sehr dunklen Augen, die zu den dunkelroten Haaren passten. Sie hatte die Arme in die Hüften gestemmt und blickte zu dem Mädchen auf dem Rad.

„Boah, Mama, stress jetzt nicht!“, kam es patzig zurück.

„Du bist in Quarantäne“, insistierte ihre Mutter.

„Es ist niemand krank. Und die zwei Wochen sind um.“

„Es sind zwölf Tage bisher.“

„Und wieso dürft ihr dann draußen rumrennen?“

„Weil *du* bisher nicht krank warst …“

„Aha!“

„Leonie!“

Leonie antwortete nicht. Ihre Mutter war zum Rad gekommen. Die beiden standen sich wie bei einem Duell gegenüber. Unbeweglich. Böse guckend. Stumm. Auch Anne und Ron hielten die Luft an. Genau in diesem Moment ertönte das Klingeln von Annes Handy. Es schallte so laut durch die Nachbarschaft, dass es Anne wie ein Fliegeralarm vorkam. Sie spürte, wie ihr die Röte ins Gesicht schoss. Panisch griff sie in ihre Jackentasche. Sie sah gerade noch, dass ihr Vater anrief, und drückte den Anruf weg. Nie rief er von sich aus an. Nie. Warum ausgerechnet jetzt? Ron blickte sie vorwurfsvoll an, während er sich genauso klein machte wie Anne. Natürlich hatten Mutter und Tochter auf der anderen Seite der Mülltonnen das Klingeln gehört. Anne sah zwar nicht mehr, was sie taten, aber sie konnte sie sehr gut hören.

„Wer versteckt sich da, Leonie?“, fragte die Mutter angestrengt ihre Tochter.

„Ich hab keine Ahnung.“

„Wenn das wieder dieser bescheuerte Niklas ist, dann …“

„Mama, ich bin seit zwei Monaten nicht mehr mit Niklas zusammen. Hörst du mir eigentlich nie zu?“

Längst hörten sie Schritte näherkommen. Ron stöhnte, schaute Anne noch einmal vorwurfsvoll an und stand dann auf. Die Mutter seiner Tochter war schon bei ihnen, prallte fast wie von einer Wand ab, als Ron sich vor ihr materialisierte.

„Ronald?“, entfuhr es ihr entgeistert.

Sie blickte auch zu Anne, die noch an der Mülltonne kauerte, aber diese Position nun aufgeben konnte. Sie stand langsam auf, sah, dass Leonie mindestens so ungläubig zu ihnen herüberblickte wie ihre Mutter.

„Hallo, Claudia!“, sagte Ron mit tonloser Stimme.

„Was machst du hier?“

Sie schaute auch noch einmal zu Anne, deren Anwesenheit sie noch viel weniger verstand. Anne konnte ihr da nicht helfen. Sie wusste beim besten Willen nicht, wie sie sich erklären sollte.

„Ich war gerade in der Gegend und …", setzte Ron an.

Ein Satz, der Anne bekannt vorkam. Doch das mit dem Vorbeischauen schluckte er herunter, als Leonie von ihrem Rad stieg und näherkam.

„Papa!", sagte sie mit weicher Stimme.

„Hallo, Leo!"

Auch Ron klang erstaunlich weich. So reserviert er kurz zuvor noch Claudia angeblickt hatte, so zugewandt war er plötzlich. Er lächelte seine Tochter voller Wärme an. Sie sah auf seine Hände, in denen er das merkwürdige Stoffschwein hielt.

„Schweinchen Eck!", entfuhr es ihr strahlend.

Sie klang plötzlich um einige Jahre jünger, ging auf ihren Vater zu, der ihr das Schwein reichen wollte.

„Das ist für dich. Ich wollte …"

Weiter kam er nicht, denn Leonie nahm ihn ohne Umschweife in die Arme. Ron schossen Tränen in die Augen. Claudias Augen hingegen verengten sich zu Sehschlitzen. Ihr gefiel nicht, was hier geschah. Bei Anne schrillten angesichts der Umarmung und dem Stichwort Quarantäne alle Alarmglocken. Doch Anne interessierte niemanden.

„Und warum in aller Welt versteckst du dich hinter den Mülltonnen?", maulte Claudia ihren Ex an.

Wieder ein Blick zu Anne. Die offensichtliche Frage sprach sie auch jetzt nicht aus. Leonie löste sich von Ron und nahm das Stoffschwein an sich. Sie strahlte. Etwas zu sehr für Annes Begriff. Der Seitenblick auf ihre Mutter ließ auch eher Berechnung vermuten, doch Ron war nach wie vor beseelt.

„Ich wollte …", stammelte er. „Ich wusste nicht, ob … ob Leonie mich … sehen wollte."

„Natürlich“, sagte das Mädchen sofort. „Ich warte seit Jahren darauf, dass du dich mal meldest.“

„Aber ich hab dir doch geschrieben.“

„Wann?“

Vater und Tochter schauten sich für einen Moment irritiert an, dann ging ihr Blick unisono zu Claudia. Die stöhnte. Anne wusste nicht genau, wobei die Mutter ertappt worden war, aber es nervte sie mehr, als dass es sie schuldbewusst machte.

„Und wer ist sie?“, fragte sie Ron, ohne auf die im Raum stehende Frage einzugehen.

„Das ist Anne“, antwortete Ron. „Sie ist die Tochter des Lebensgefährten meiner Mutter. Wir sind auf dem Weg, die beiden zu holen. Lange Geschichte.“

„Guten Abend“, versuchte Anne sich einzubringen.

Sie war kurz davor, freiwillig jemandem die Hand zu reichen, nur damit sie nicht so völlig bescheuert dastand. Doch sie konnte es sich noch verkneifen. Claudia ging sowieso nicht auf sie ein. Sie blickte zwischen ihrer Tochter und Ron hin und her, die sie mit bösen Blicken bedachten.

„Was?“, fauchte sie.

„Du hast gesagt, er hat mich vergessen“, warf ihr Leonie vor.

„Du hast gesagt, sie wollte keine Brief mehr von mir“, ergänzte Ron. „Das war alles gelogen. All die Jahre.“

„Du hast ihr nicht gutgetan, Ronald“, kam von Claudia zurück.

Dann stapfte sie zum Hauseingang. Die anderen blieben sprachlos stehen. An der Haustür drehte sie sich noch einmal um. Genervt.

„Na, jetzt kommt rein. Alle. Hier draußen ist es zu kalt, um mich zu lynchen.“

Sagte es und verschwand im Haus. Immerhin stand sie zu dem, was sie getan hatte.

8

Anne konnte schwer einschätzen, wie lange sie schon unbeweglich auf dem ihr zugewiesenen Stuhl am Küchentisch saß, wo sie gegen Hitzewallungen und Verspannungen im ganzen Körper kämpfte. Trotz des trockenen Halses rührte sie das Glas Wasser nicht an, das Claudia auf den Marmortisch vor sie gestellt hatte. Sie versuchte, gar nichts anzufassen in der fremden Umgebung. Auch, wenn die moderne Einbauküche aus dunkelgrauem Graphit oberflächlich sauber wirkte, bekam Anne das mit Leonies Quarantäne nicht aus dem Kopf. Dazu die Peinlichkeit der Situation. Sie wollte einfach nur weg, wusste aber nicht, wie. Es half auch nichts, dass der Drache schon bald auftauchte und ihr kopfschüttelnd erklärte, dass er sie gewarnt hatte. Warum war sie nicht im sauberen Wohnwagen geblieben? Er machte es sich unter dem Tisch bequem und malte in dramatischen Farben aus, was der Aufenthalt in einem mit Corona infizierten Haushalt bedeutete. Anne hatte das Gefühl, dass der Drache größer geworden war.

Immerhin beachteten die anderen sie nicht weiter, denn die ehemalige Familie hatte eine Menge aufzuarbeiten. Während Claudia in fast schon aufreizender Ruhe die Spülmaschine ausräumte, schimpften Leonie (trotzig im Türrahmen stehend) und Ron (ungehalten auf und ab marschierend) abwechselnd auf sie ein. Anne erfuhr auf diese Weise die halbe Familiengeschichte: Ron und Claudia waren in Berlin ein Paar gewesen und gemeinsam in das Haus in Mahlsdorf gezogen, das Rons Arbeit als gefragter Messebauer finanziert hatte. Sie hatten Leonie bekommen und waren eine ganze normale Familie gewesen. Bis Fukushima. Danach hatte Rons Spleen mit dem Preppen angefangen, das ihm laut Claudia irgendwann wichtiger war als seine Familie. Er hatte nur noch gearbeitet und das Geld für Astronautennahrung und anderen Blödsinn ausgegeben. Ron bestritt das zwar, zumindest das geschilderte Ausmaß, und auch Leonie konnte sich an schöne Zeiten mit ihrem Vater erinnern, aber Claudia ließ das nicht gelten: Ron war in ihren Augen nie wirklich für seine Familie dagewesen. Deswegen war Claudias Affäre mit Ingo auch ganz klar Rons Schuld.

Es war fünf Jahre her, dass Claudia sich für besagten Ingo entschieden hatte, als er einen lukrativen Job in seiner Heimat Freiburg angeboten bekam. Einen Job, für den er sich an diesem Tag auf Dienstreise befand. Es war sein Haus, in dem sich die obskure Runde versammelte. Claudia hatte Leonie damals mitgenommen und, wie sich nun zeigte, seitdem systematisch den Kontakt zu Ron heruntergefahren. Erst wurden die Besuche zu aufwendig, dann die Telefonate schwierig, schließlich hielt sie die handgeschriebenen Briefe von Ron zurück. Als Leonie in die Pubertät gekommen war, hatte sie leichtes Spiel mit dem Argument, dass der Teenager keinen Bock mehr auf den Vater hatte. Leonie wurde gleichzeitig Desinteresse von Ron verkauft, der aus reiner Unsicherheit tatsächlich immer weniger Kontaktversuche unternahm und darauf wartete, dass die Pubertät irgendwann vorbei sein würde.

„Ingo ist jetzt ihr Vater“, stellte Claudia fest. „Und ich wollte nicht, dass du es mit deinem Schwachsinn komplizierter machst, als es ohnehin schon ist.“

„Ich hasse Ingo“, warf Leonie ein.
„Das stimmt nicht. Du liebst es, mit ihm klettern zu gehen.“
„Pff!“
So ging es eine Weile. Anne konnte kaum glauben, wie offen Claudia all ihre Manipulationen zugab. Sie fühlte sich vollkommen im Recht, das Kind dem Vater vorenthalten zu haben. Schließlich war er verrückt. Außerdem musste er nicht einmal Unterhalt zahlen, also was wollte er?
Ron war mehr hilflos als wütend. Es irritierte Anne, diesen Berg von einem Mann, der stets gute Laune hatte, so zu sehen. Er traute sich nicht, Claudia ernsthaft anzugehen, obwohl sein Körper danach schrie. Es war nicht nur die Anwesenheit der Tochter, die ihn abhielt. Claudia konnte ihn problemlos dominieren, kannte seine wunden Punkte.
Doch auch Claudia hatte solche. Sie war angesichts der Pubertät ihrer Tochter geschwächt, mit ihrem Latein am Ende. Im Umgang von Mutter und Tochter waren die Streitigkeiten der letzten Monate und Jahre nicht zu übersehen. Der Ton war verbittert, die Blicke vergiftet. Vielleicht fiel es Claudia auch deswegen so leicht, ihre Verfehlungen zuzugeben. Denn Rons Auftauchen gab ihr eine neue Perspektive.
„Wenn diese ganze Corona-Scheiße vorbei ist, kannst du deinen Vater gerne in Berlin besuchen. Vielleicht kapierst du dann mal, wie gut es dir hier geht.“
Das ließ die patzige Tochter verstummen. Ron nicht.
„Was ist das mit ihrer Quarantäne?“, fragte er. „Wie kommt das?“
Da wurde auch der Drache hellhörig. Claudia berichtete in knappen Worten, dass Leonie mit ihrer Schule in Tirol zum Skifahren gewesen war. Ein Junge aus der Nachbarklasse hatte sich dort mit dem Coronavirus infiziert. Auch wenn der Junge längst wieder gesund war und keine ande-

ren Mitreisenden einen positiven Test gehabt hatten, mussten sie alle für vierzehn Tage in Quarantäne. Zwölf Tage davon waren bereits herum, und Leonie drehte sichtbar am Rad alleine mit ihrer Mutter zu Hause.

„Dasss heißt nichtsss", kam es von unter dem Tisch. „Die Göre kann immer noch krank werden."

„Ey, ich kenne den Jungen nicht mal", erklärte Leonie in Rons Richtung. „Ich war nie in seiner Nähe. Völlig übertrieben alles."

Sie appellierte an ihren Vater, weil sie längst kapiert hatte, dass auch er die ganze Coronageschichte nicht sonderlich ernst nahm. Doch Claudia war noch lange nicht so weit, dass sie ihm wieder eine Mitsprache bei der Erziehung einräumen wollte. Eine ganze Weile beschimpfte sie ihn, dass er auch früher immer der Wochenendpapa gewesen war. Wenn er von der Arbeit nach Hause kam, durfte Leonie alles. Er baute Luftschlösser mit dem Kind. Aber die harte Erziehungsarbeit blieb der Mutter überlassen. Genau wie die Erklärung, dass aus den Luftschlössern nichts werden würde, weil Papa dann doch noch mal zwei Wochen zu einer Messe nach London musste.

„Wasss hindert dich eigentlich daran, zu gehen, Darling?", fragte der Drache Anne, während weiter schmutzige Wäsche gewaschen wurde. „Dasss betrifft dich allesss nicht."

Er hatte recht. Doch Anne wusste nicht, wie sie dazwischenkommen sollte. Was sie sagen sollte. Oder sollte sie einfach nach der Toilette fragen und dann abhauen? Sie würde diese Leute eh nie wiedersehen, und bei Ron hatte sie an diesem Abend so oder so eine denkbar schlechte Figur abgegeben. Als Anne ernsthaft erwog, ihren Fluchtplan in die Tat umzusetzen, wurde es doch noch einmal interessant. Denn als Ron in einem Nebensatz erwähnte, dass sie auf dem Weg nach Sizilien waren, um seine Mutter und Annes Vater zu holen, ging plötzlich ein Ruck durch Leonie.

„Kann ich nicht mitkommen?"

„Oh-oh", kam es von unter dem Tisch. „Die kleine Filzlausss kommt auf keinen Fall mit."

Anne stockte der Atem, aber zum Glück waren die Eltern sich schnell einig.

„Vergiss es!", betonte Claudia.

„Das ist keine gute Idee", sagte auch Ron.

„Wieso nicht? Ich sterbe hier vor Langweile. Und wir könnten uns neu kennenlernen."

Sie blickte ihn mit klimpernden Augen an. Es war faszinierend, wie ihre Körpersprache wechselte, sobald sie mit ihm redete und nicht mit der verhassten Mutter.

„Wir fahren in ein Krisengebiet", antwortete Ron ruhig. „Außerdem solltest du das mit der Quarantäne ernst nehmen."

Anne erahnte, wie schwer ihm diese Sätze fielen. Er dachte ganz sicher nicht so, aber er wollte ein verantwortungsvoller Vater sein.

„Vielleicht können wir auf dem Rückweg noch einmal hier vorbeikommen", ergänzte Ron.

„Blosss nicht."

Ron schaute fragend zu Anne, die zum ersten Mal an diesem Abend einbezogen wurde.

„Gut möglich, klar", sagte sie.

Als der Drache sie ungläubig anschaute, schüttelte Anne kaum sichtbar den Kopf. Auf keinen Fall würden sie mit ihrem Vater hierherfahren. Aber das Problem mussten sie ein anderes Mal lösen. Ein Tag nach dem anderen.

Leonie war trotz dieser Perspektive unzufrieden. Auch der Köder mit dem Berlinbesuch, „wenn das alles vorbei ist", zog nicht. Denn sie hatte schon verstanden, dass die Coronakrise gerade erst anfing. Doch Claudia hatte keine

Geduld mehr. So abrupt, wie sie alle ins Haus eingeladen hatte, beendete sie diesen Abend.

„Ich muss morgen früh arbeiten“, verkündete sie. „Jetzt ist Schluss.“

Auf dem Weg die Allee entlang zurück zum Campingplatz schwieg Ron zunächst. Seine Gedanken waren bei seiner Tochter. Das war nicht zu übersehen. Er kämpfte mit zahlreichen Gefühlen, schüttelte immer wieder den Kopf, lächelte dann wieder, seufzte oder starrte einfach nur stumm in die Ferne. Gelegentlich kamen ihnen Scheinwerfer in der Dunkelheit entgegen. Ansonsten waren nur ihre Schritte auf dem Asphalt zu hören sowie das gelegentliche Zischeln des Drachen, der mürrisch hinter ihnen herschlich. Anne hielt die Stille kaum aus. Für sie stand immer noch eine Frage im Raum. Eine Frage, die sich an sie richtete. Aber Ron stellte sie nicht. Er war überwältigt von dem Abend.

„Ron?“, platzte es irgendwann aus Anne heraus. „Ich wollte das alles gar nicht … Also … Es tut mir leid, dass ich dir gefolgt bin und …“

„Ich bin dir dankbar“, unterbrach er sie.

„Was?“

„Hätte dein Handy nicht geklingelt, hätte ich mich davongeschlichen und läge jetzt weinend im Land Rover. Immer noch im Glauben, dass meine Tochter mich vergessen hat.“

Anne konnte sein Gesicht in der Dunkelheit kaum ausmachen, aber das Glitzern in den Augen sah sie trotzdem.

„Der Abend war das Beste, was mir seit langem passiert ist.“

„Oh. Okay.“

Anne atmete tief durch. Sie gingen ein paar Schritte. Rons Worte klangen in Anne nach. Das Klingeln! Der Anruf! Ihren Vater hatte sie vollkommen vergessen. Sie zog schnell ihr Telefon aus der Jackentasche.

„Mein Vater hat eine Nachricht auf der Mailbox hinterlassen“, stellte sie fest.

Ebenfalls ein Vorgang, für den es kaum Präzedenzfälle gab. Anne begann, sich Sorgen zu machen. Sie blieben beide stehen, während sie die Nachricht abhörte. Ron konnte die krächzende Stimme von Papa genauso gut hören wie sie.

„Anne, dein Vater hier. Seid ihr schon in der Schweiz? Ich hoffe es. Morgen früh machen die die Grenze dicht. Ab acht kommt ihr da nicht mehr rein.“

Anne schaute Ron erschrocken an.

„Kein Problem“, sagte er sofort. „Ist nur eine Stunde bis zur Grenze. Wir fahren früh los. Und zur Not fahren wir halt über die Berge.“

Er lächelte beruhigend. Es wirkte. Der Plan war richtig, und Anne war froh, dass Ron nicht sauer auf sie war. Dass ihr Ziel nach wie vor stand. Dass der Abend trotz allem gut verlaufen war. Sie gingen zügiger weiter. Stumm.

„Du bist mir gefolgt, weil du dachtest, ich bin ein Serienmörder oder so etwas?“, fragte Ron plötzlich.

„Äh. … Um ehrlich zu sein: ja.“

„Bin ich nicht.“

Anne musste lachte.

„Hätten wir dasss ja nun auch geklärt“, zischte der Drache.

Stumm gingen sie nach diesem langen, langen Tag weiter zum Campingplatz.

9

„Das wird knapp“, sagte Anne.

Sie schaute vom Beifahrersitz im Land Rover konzentriert auf die Straße vor sich, wo der Verkehr dichter wurde. Den Schwarzwald hatten sie hinter sich gelassen. Sie befanden sich auf der Bundesstraße kurz hinter Lörrach, von wo es nicht mehr weit bis zur Schweizer Grenze war. Allerdings war es bereits kurz vor acht Uhr. In wenigen Minuten wurde die Grenze offiziell geschlossen. Es kamen dann nur noch Schweizer in die Schweiz. Oder Deutsche nach Deutschland. Mehr und mehr Länder holten in der Krise ihre Bürger nach Hause. Dass Ron und Anne sogar nach Italien wollten, war sicherlich eine höchst ungewöhnliche Ausnahme.

„Auf die paar Minuten wird's nicht ankommen“, sagte Ron. „Zur Not fahren wir über die Berge.“

Das mit den Bergen hatte er in der letzten Stunde immer öfter angebracht. Es schien fast so, als ob ihn diese Alternative freuen würde: mit dem Land Rover samt geländetauglichem Anhänger über Feldwege an Berghängen entlang in die Schweiz einzudringen. Wobei Anne im Moment nicht einmal ernstzunehmende Berge sah. Selbstredend hatte sie kein Interesse an jeglicher Art von Querfeldeinfahrten.

„Nur wegen dieser dusseligen Sumpfkuh“, zischte der Drache vom Rücksitz.

Es stimmte. Sie hatten den Campingplatz im Morgengrauen rechtzeitig verlassen. Anne war eine halbe Stunde früher aufgestanden, um genügend Zeit für eine stärkende Dusche und eine heimliche Reinigung des Land Rovers zu haben. Doch als sie gerade den Platz verlassen wollten, hatte Rons Tochter angerufen. Leonie war extra aufgestanden, um sich von ihrem Vater verabschieden zu können. Also hatten sie einen Stopp vor dem Einfamilienhaus der Familie eingelegt. Ron hatte es sich nicht nehmen lassen, der begeisterten Tochter den Land Rover und sogar den Anhänger zu zeigen. Anne konnte nichts dagegen unternehmen und hoffte, dass bis zum Abend alle Keime aus ihrem Refugium verschwunden waren. Claudia hatte genauso Augen rollend danebengestanden wie der Drache. Auch für Annes Geschmack interessierte sich das Mädchen etwas zu offensichtlich für ihren Vater, aber Ron war natürlich beseelt. Obwohl das Kind hundemüde war, hatte es sich nur für ihn aus dem Bett gekämpft, laut Mutter zum ersten Mal seit Menschengedenken so früh am Morgen. Als Leonie dann endlich wieder im Bett verschwunden war, standen sie bereits unter Zeitdruck.

„Kann nicht mehr weit sein“, stellte Ron fest.

Er bog von der Bundesstraße in eine Wohnsiedlung. Ron hatte für den weniger bekannten Grenzübergang in einer Kleinstadt plädiert, weil er auf der Autobahn strengere Kontrollen und längere Schlangen befürchtete. Doch als sie um eine weitere Ecke bogen und den Übergang in der Ferne schon ausmachen konnten, musste Ron scharf abbremsen. Der Verkehr staute sich bis zu ihnen zurück.

„Mist“, fluchte er.

Anne spürte die Anspannung. Den Atem des Drachens in ihrem Nacken.

„Ein Zeichen“, zischte er. „Dasss wir zurück nach Berlin fahren sollen. Eine Schnapsidee dasss allesss.“

Anne sagte nichts dazu. Sie ignorierte auch Rons Gerede über alternative Routen. Sie konzentrierte sich nur auf den Grenzübergang. Während sie langsam näher rückten, holte Anne ihre Maske aus der Handtasche und zog sie über. Als Ron sie mit einem Stirnrunzeln anblickte, reichte sie ihm ebenfalls eine noch unbenutzte Maske.

„Ehrlich? Die bringen doch nichts."

Der Drache seufzte einmal mehr angesichts der geballten Ignoranz.

„Die an der Grenze tragen welche, also sollten wir das auch tun", erklärte Anne geduldig und zeigte nach vorn.

Tatsächlich trugen die Beamten und Beamtinnen nicht nur knallgelbe Warnwesten über ihren Uniformen, sondern auch Mund-Nasen-Masken. Der Hinweis funktionierte. Ron nickte schelmisch, als ob sie der Staatsmacht mit diesem Trick ein Schnippchen schlagen würden, und nahm die Maske. Er zog sie umständlich über, ließ die Nase herausschauen.

„Er hat noch nie eine Maske getragen", stellte der Drache fest.

Anne deutete auf die richtige Handhabung bei ihrer Maske. Ron lachte und korrigierte seine. Rechts und links quoll der Bart heraus.

„Damit sieht man richtig bescheuert aus", murmelte Ron unter der Maske und blickte in den Rückspiegel.

„Ich würde esss eher alsss Verbesserung auffassen."

Der Wagen vor ihnen rückte auf. Ron folgte. Es ging nur ein paar Meter voran, dann mussten sie wieder warten. Sie standen nach acht Uhr noch immer im Stau und mussten mit ansehen, wie die ersten Fahrzeuge abgewiesen wurden. Ein Kleinwagen wendete. Die darinsitzende Frau schüttelte verständnislos den Kopf, als sie an ihnen vorbei zurück in die andere Richtung fuhr. Doch es kamen auch Fahrzeuge durch, selbst welche mit deutschem Kennzeichen. Es war also alles eine Frage der richtigen Gesprächsführung.

„Guten Morgen!“, rief Ron der Schweizer Grenzbeamtin viel zu laut durch seine Maske entgegen, als sie endlich an der Reihe waren. „Wir standen pünktlich um kurz vor acht hinten am Ende des Staus. Daran kann es ja jetzt nicht scheitern, oder?“

Er lachte einnehmend, während er der Frau die Pässe reichte. Nicht weit von ihr standen zwei Kollegen mit Maschinengewehren.

„Arbeiten Sie in der Schweiz?“, fragte die Grenzbeamtin.

„Nein, wir sind auch nur auf der Durchfahrt und …“

„Dann kann ich Sie aufgrund der Verordnung über Maßnahmen zur Bekämpfung des Coronavirus nicht einreisen lassen.“

„Aber junge Frau, es geht um fünf Minuten. Wortwörtlich. Hier, gucken Sie!“

Er hielt ihr sein Handgelenk mit der Survivaluhr unter die Nase.

„Kommen Sie mir bitte nicht zu nah“, sagte sie in ihrem äußerst kontrollierten Tonfall.

So viel zur richtigen Gesprächsführung. Ron hatte darauf bestanden, dass er das Reden übernahm.

„Kann der Blödvogel eigentlich überhaupt irgendwasss?“, zischte der Drache vom Rücksitz.

Ron plusterte sich derweil empört auf.

„Entschuldigen Sie“, beschwerte er sich bei der Beamtin. „Aber das ist reine Schikane. Wir …“

„Ron!“, ging Anne dazwischen. „Moment!“

Das hatte sie so energisch gesagt, dass Ron erstaunt verstummte. Anne lehnte sich zu der Beamtin hinüber, auch wenn sie Ron dafür unangenehm nahekam.

„Guten Morgen“, sagte sie in dem professionellen Tonfall, den sie auch bei Anrufen im Finanzamt benutzte.

„Wolf mein Name. Wir sind auf der Fahrt nach Sizilien, wo sich zwei Hochrisikopatienten befinden. Ihre Versorgung mit lebenswichtigen Medikamenten ist zusammengebrochen. Selbst wenn sie sich nicht mit dem Sars-CoV-2-Erreger anstecken, werden sie sterben, falls wir sie nicht rechtzeitig mit den Medikamenten erreichen."

Sie öffnete bei ihren Worten demonstrativ eine Kühltasche mit Medikamenten. Hauptsächlich Schmerzmittel und etwas gegen Übelkeit. Ihr Vater hatte mehr als genug seiner eigenen Medikamente bei sich. Aber die Grenzbeamtin konnte aus der Ferne nicht erkennen, was Anne hochhielt. Sie musterte Anne genauer.

„Sind Sie Angehörige eines medizinisches Berufs?", fragte sie.

„Warum sollten wir uns ansonsten in einer Pandemie auf den Weg nach Sizilien machen?", stellte Anne eine scharfe Gegenfrage, denn sie hatte einen Funken Unsicherheit in den Augen der Beamtin entdeckt.

„Können Sie sich als medizinisches Personal ausweisen?"

Ron hielt die Luft an. Er schaute zu Anne. Sein Blick sagte deutlich: ertappt. Doch Anne blieb ruhig. Sie griff in ihre Handtasche, zog eine Ausweiskarte heraus und reichte sie unter den ungläubigen Blicken von Ron an die Frau weiter. Die Karte wies Anne als Krankenschwester des Virchow-Klinikums in Berlin aus, mitsamt Foto.

Die Frau warf einen Blick darauf, nickte und reichte die Karte zurück.

„Okay, fahren Sie weiter."

Sie trat zurück. Ron wirkte baff. Er wollte etwas sagen, doch Anne schaute ihn eindringlich mit einem freundlichen „Und los!" an.

„Vielen Dank", sagte sie zu der Beamtin, während Ron das Fenster hochfuhr und gleichzeitig den Gang einlegte.

Als sie über die Grenzmarkierung gerollt waren, atmete Anne tief durch. Ron schaute sie an, als ob sie sich in einen Werwolf verwandelt hätte.

„Du bist im Nebenberuf Krankenschwester?“, fragte er spottend.

„Man muss manchmal improvisieren.“

„Und deswegen schleppst du einen perfekt gefälschten Ausweis mit dir herum?“

„Der ist nicht perfekt. Den gibt es für dreißig Euro im Internet. Aber für die meisten Leute reicht er.“

Besonders dann, wenn man sein absonderlich reinliches Verhalten oder das Horten von Desinfektionsmittel in der Öffentlichkeit erklären wollte. Aber das musste Ron nicht wissen. Sein Unglauben hatte sich mittlerweile in Staunen verwandelt. Als nächstes lachte er. Anerkennend.

„Wow!“, rief er, während sie die Grenzstation hinter sich ließen. „Und wie cool du geblieben bist. Du bist eine ganz abgezockte Lügnerin, Anne. Respekt!“

Wie Frau Kabongo immer sagte: Anne wuchs an ihren Aufgaben. Lügen war so ziemlich das erste gewesen, was sie nach dem Einzug des Drachens gelernt hatte. Es gehörte längst zu ihrem Alltag. Rons Bewunderung quittierte sie mit einem reservierten Lächeln. Letztlich war es nichts, worauf sie stolz war. Zu gern hätte sie auf die kleine Show verzichtet.

„Warum sollten wir uns sonst in einer Pandemie auf den Weg nach Sizilien machen, Frau Kommissarin?“, zitierte Ron sie mehr oder weniger und lachte einnehmend.

Er hatte beste Laune.

„Was hast du denn noch für Tricks auf Lager?“, fragte er Anne.

„Ich muss jetzt arbeiten“, entgegnete Anne und zog ihren Laptop heraus.

Da wurde auch Ron wieder ernster. Er musterte sie noch einmal, doch Anne ignorierte ihn.

„Okay", sagte er schließlich reserviert und fuhr schweigend weiter.

10

Bei der Einreise nach Italien kamen Anne und Ron ohne Lügen aus. Als sie nach einem ereignislosen Vormittag an der Grenze in Chiasso angekommen waren, gab es nicht einmal eine Warteschlange. Kaum jemand wollte nach Italien. In die andere Richtung staute sich dagegen der Verkehr über mehrere Kilometer. Das Problem würde sie auf der Rückfahrt erwarten.

„Zur Not fahren wir über die Berge", erklärte Ron, ohne dass Anne etwas gesagt hatte.

Sie saß am Steuer, seit Ron irgendwo in den Alpen mit dem Gähnen begonnen hatte. Er hatte ein kleines Nickerchen gemacht und war vor der Grenze wieder aufgewacht.

„Eine Stunde noch, dann machen wir Mittag", erklärte er, während sie auf der gespenstisch leeren Autobahn Richtung Süden fuhren.

„O mein Gott, er will in der Lombardei mittagessen", rief der Drache ungläubig.

„Die Restaurants in Italien sind geschlossen", entgegnete Anne ruhig.

„Nicht die Autobahnraststätten", warf Ron ein.

„In einer Stunde fahren wir durch Lodi, die ursprüngliche rote Zone", sagte Anne, ohne den Blick von der Straße zu nehmen. „Wir werden in dieser Gegend das Auto nicht einmal für eine Sekunde verlassen."

„Glaubst du ernsthaft, die Viren fliegen auf die Autobahn?"

Ron nahm die Situation nach wie vor nicht ernst. Anne dagegen fühlte seit der Grenzüberschreitung nach Italien die schwere Tatze des Drachens auf ihrer Schulter. Er war auf seinem Sitz nach vorne gerückt und scannte die Landschaft rund um die Autobahn kritisch. Aus der Ferne wirkte alles friedlich. Bewaldete Berghänge, Häuser mit roten Ziegeldächern hinter Schallschutzwänden, in der Ferne der Lago di Como. Doch als sie die erste Autobahnausfahrt passierten, war die Polizeisperre nicht zu übersehen. Niemand konnte die Schnellstraße verlassen, ohne kontrolliert zu werden. Noch viel weniger konnte man aus den umliegenden Städten auf die Autobahn fahren, ohne einen triftigen Grund zu haben. Italien hielt seine Bürger in Schach. Die gesperrten Ab- und Auffahrten wurden schnell zu einem vertrauten Bild. Ron hielt sie für Hysterie. Ihn kratzte das alles nicht. Er plapperte fröhlich über frühere Italienreisen und wie gerne er bei der Mailänder Messe gearbeitet hatte. Sogar mit vollem Mund redete er weiter, während er mangels Stopp sein selbst angebautes Gemüse verputzte. Anne hatte keinen Appetit. Ihr Magen fühlte sich sehr klein an. Der Drache in ihrem Nacken dafür umso größer. Er wuchs auf den zwei Stunden in der Lombardei sichtlich. Während Ron etwas länger aus dem Fenster blickte, stellte Anne die Klimaanlage auf Umluft. Als sie schließlich die Ausfahrt bei Codogno – der italienischen Stadt mit dem ersten Coronainfizierten – passierten, hatte Anne das Gefühl, dass sie die Virenlast in der Luft tatsächlich sehen konnte. Rons Gequatsche hörte sie wie aus der Ferne. Der Tunnelblick war längst da. Sie wollte einfach nur raus aus dieser Gegend.

Rons Telefon unterbrach seinen Redeschwall.

„Oh, Claudia“, sagte er.

Sein Tonfall spiegelte die Mischung aus Angst vor einem Streit und Hoffnung auf ein Wort von seiner Tochter wider, die den ganzen vorherigen Abend begleitet hatte. Er ging dran.

„Bongiorno!“, rief er etwas zu gut gelaunt. „Wir sind bereits in …“

Er verstummte, legte die Stirn in Falten.

„Wieso? … Keine Ahnung. Woher soll ich das wissen?“

Bis dahin hatte er noch freundlich geklungen, doch der nächste Satz geriet gereizter.

„Du hast doch selbst gesehen, dass sie wieder ins Bett gegangen ist. Ich habe sie nicht mitgenommen. … Nein, sie hat auch nicht angerufen. … Okay. … Jaaa, mache ich.“

Er drückte angestrengt das Gespräch weg. Anne interessierte es eigentlich nicht, was Rons Tochter angestellt hatte, sie kämpfte noch mit der Virenlast rund um Codogno. Doch natürlich brach aus Ron sofort sein ganzer Frust heraus.

„Diese Frau enthält mir jahrelang meine Tochter vor, belügt mich *und* Leonie. Und jetzt macht sie *mir* Vorwürfe. Weil *sie* es nicht auf die Reihe bekommt, Leonie in der Quarantäne zu Hause zu halten. *Muss* sie denn arbeiten gehen? Ihr Macker verdient endlos Kohle. Wieso bleibt sie nicht bei dem Kind in so einer Situation? Jetzt sag doch auch mal was!“

Er fuhr Anne geradezu aggressiv an. Frau Kabongo würde es als klassische Verschiebung erklären. Anne musste sich stellvertretend für seine Ex den Frust anhören.

„Leonie ist nicht zu Hause?“, fragte Anne, um ihn auf die sachliche Ebene zu bringen.

„Nein“, sagte er und schnaufte. „Claudia kam von der Arbeit und es lagen nur Kissen unter Leonies Bettdecke. Keine Ahnung, was das für ein Trick sein soll.“

Er entließ ein unzufriedenes Grunzen. Bei Anne dagegen schrillten die letzten Alarmglocken, die noch nicht wegen der Viren aktiviert waren.

„Sie hat es so aussehen lassen, als ob sie im Bett liegt und schläft?“

„Ja“, grummelte Ron.

„Seit wann?“

„Keine Ahnung.“

Kurz herrschte Stille im Land Rover. Dann blickte Ron Anne mit einem Sherlock-Holmes-Blick an.

„Du meinst, schon seit dem Morgen? Aber wir haben sie doch ins Haus gehen sehen?“

„Das mehrere Ausgänge hat“, entgegnete Anne. „Und wir standen noch ein paar Minuten in der Einfahrt.“

Rons Kopf drehte sich noch weiter nach hinten. Er schaute am Drachen vorbei zum Anhänger. Der Drache folgte seinem Blick.

„Nee, ne?“, zischte der.

„Scheiße!“, entfuhr es Ron. „Können wir mal anhalten?“

„Nicht hier!“, rief Anne.

„Aber wenn sie da hinten drin ist, dann …“

„Nicht hier!“

„Wir können doch jetzt nicht mit ihr durch Italien fahren.“

„Wir wissen nicht, ob sie da drin ist.“

„Deswegen sollten wir anhalten und nachsehen.“

„Nicht hier!“

Ron brummte unzufrieden. Anne trat längst das Gaspedal bis zum Anschlag durch. Sie wollte weg, einfach weg. Und solange sie Leonie nicht gesehen hatten, war sie auch nicht da. Obwohl alles danach aussah, dass sie einen blinden Passagier im Anhänger hatten. Für eine Weile war es, als ob sie mit Schrödingers Katze unterwegs waren. Leonie war gleichzeitig da und nicht da. Für Anne war das völlig okay so. Sie hatte andere Probleme.

Doch Ron war kein Freund physikalischer Gedankenexperimente. Nachdem er einen Kilometer lang gebrütet hatte, schnallte er sich ab und begann, nach hinten zu klettern.

„Wowhow!“, rief der Drache. „Wasss wird denn dasss?“

Ron kletterte unbeirrt weiter. Auf die hintere Sitzbank, dann in den Kofferraum, direkt auf Annes Koffer. Sie blickte immer öfter in den Rückspiegel, um zu sehen, was Ron anstellte. Wollte er bei voller Fahrt aus dem Wagen klettern? Zuzutrauen war es ihm.

„Leonie!“, schrie Ron plötzlich so laut, dass der Drache vor Schreck von seinem Sitz fiel.

Auch Anne verriss beinahe das Steuer.

„Was bringt denn das?“, rief sie nach hinten.

Doch als sie in den Rückspiegel blickte, musste sie feststellen, dass es tatsächlich etwas brachte. Für einen Moment sah sie eine Gestalt an dem kleinen Fenster des Wohnwagens. Sie war sofort wieder verschwunden, aber die dunkelblonden Haare waren gut zu sehen gewesen.

„Ha!“, rief Ron.

Auch er hatte es gesehen. Er blickte triumphierend nach vorne zu Anne. Schrödingers Moment war vorbei. Ausgerechnet jetzt kündigte ein Schild am Straßenrand einen Rastplatz an.

„Anne! Bitte! Oder willst du sie ernsthaft mit nach Sizilien nehmen?“

„Dasss will keiner“, sagte der Drache.

Anne setzte den Blinker. Der Drache richtete sich hinter ihr überrascht auf.

„Auf keinen Fall anhalten!“, befahl er. „Nicht hier! Anne!“

Anne ignorierte den Befehl und fuhr von der Autobahn.

Der Parkplatz bestand nur aus wenigen Bänken zur Rast, Mülleimern und einem trostlosen Spielplatz. Immerhin war er leer. Kein Mensch hielt in dieser Gegend an. Kein klardenkender Mensch. Anne parkte den Wagen in der ersten Parktasche. Sie spürte den heißen Atem des Drachens direkt neben ihrem Ohr.

„Bist du verrückt?“, zischte er. „Sobald diese Tür aufgeht, ist dasss dein Ende!“

„Danke“, sagte Ron und öffnete die Tür.

Der Drache entließ ein lautes Fauchen. Ron stieg aus und wollte sofort zum Wohnwagen eilen.

„Tür zu!“, schrie Anne.

Ron gehorchte. Er ging endlich zur Tür des Anhängers. Während Anne mit den Fingern auf das Lenkrad trommelte, beobachtete sie das Geschehen über den Rückspiegel. Den Motor ließ sie laufen.

„Dasss war ein Fehler!“

Ron schloss die Wohnwagentür auf, die er am Morgen kurz vor der Abfahrt verschlossen hatte. Offensichtlich, nachdem Leonie hineingehuscht war. Kaum war die Tür geöffnet, kam sie auch schon heraus. So, wie sie sich am Morgen ins Bett verabschiedet hatte: in Minecraft-T-Shirt, Jogginghose und Sandalen. Mit dem eckigen Kuschelschwein im Arm. Sie lächelte ihren Vater breit an, der nur mit dem Kopf schütteln konnte. Leider war es Anne unmöglich, ein Fenster herunterzulassen, weswegen sie nicht hören konnte, was die beiden redeten. Ron war zum ersten Mal kritisch seiner Tochter gegenüber, unnachgiebig, egal, wie sehr sie mit den langen Wimpern klimperte. Sie versuchte sogar, sich an ihn zu schmiegen, aber er griff sie am Arm und hielt sie auf Distanz. Er fuchtelte überhaupt viel mit den Armen herum und war ganz außer sich. Das Mädchen hatte keine Chance bei ihm. Gut!

„Dasss dauert viel zu lange“, beschwerte sich der Drache dennoch.

Er rutschte ungeduldig auf dem Rücksitz hin und her, schüttelte immer wieder den Kopf, fluchte laut und leise. Ron wedelte ein letztes Mal mit seinem Finger vor Leonies

Gesicht herum. Sie nickte wie ein braves Schulmädchen, dann kamen sie nach vorn. Ron stieg auf den Beifahrersitz, Leonie rutschte in die Reihe hinter ihm. Der Drache wich mit einem Aufschrei zur Seite und quetschte sich ans andere Ende der Bank. Anne stockte der Atem, als die Luft von draußen in den Wagen strömte.

„Weg hier!“, schrie der Drache. „Fahr!“

Sofort legte sie den ersten Gang ein.

„Sie kommt mit uns“, verkündete Ron knapp.

„Was?“, entfuhr es Anne.

„Geht nicht anders. Aber ich bin *sauer*!“

Er schaute wütend zu Leonie, die sich auf ihrem Sitz ganz klein machte und lauernd zu den Erwachsenen blickte.

„Dasss geht auf keinen Fall. Sie wird dich infizieren.“

„Was? Wieso?“, fragte Anne Ron mit sich überschlagender Stimme. „Wieso geht es nicht anders?“

„Wenn wir zurückfahren, verlieren wir einen ganzen Tag. Mindestens, bei den Schlangen an den Grenzen. Wenn sie uns überhaupt noch einmal rüberlassen.“

„Dasss geht auf keinen Fall! Auf keinen Fall! Du wirst sterben!“

„Dann fährt sie halt alleine zurück“, sagte Anne zu Ron.

„Wie das?“, fragte Ron und schaute Anne endlich an.

„Trampen.“

„Niemand hält hier an“, zitierte Ron Anne.

„Der Nahverkehr fährt noch. Mit ein paar Mal umsteigen und ein bisschen Glück …“

„Du willst eine Sechzehnjährige auf eine Odyssee mit Bus und Bahn schicken? In der roten Zone?“

„Jetzt ist die rote Zone auf einmal gefährlich“, beschwerte sich der Drache. „Dasss geht auf keinen Fall. Wir müssen den Satansbraten losss werden.“

Anne war fassungslos. Alles in ihr schrie danach, weiter Richtung Süden zu fahren. Raus aus der roten Zone. Aber doch nicht gemeinsam mit einem Mädchen, das in Quarantäne sein sollte.

„Wir bringen sie zum nächsten Bahnhof", sagte Anne und gab entschlossen Gas.

11

Schon seit einigen Kilometern verlief parallel zur Autobahn eine Gleisstrecke. Anne hatte dort Züge gesehen, die Richtung Norden fuhren. Der nächste Bahnhof konnte nicht weit sein. Als sie das Schild sah, schöpfte sie Hoffnung: Piacenza war die nächste Ausfahrt. Nicht nur eine Stadt, die groß genug für einen Bahnhof war, sondern auch die erste Stadt außerhalb der Lombardei, der am Schlimmsten betroffenen Region.

„Fahr raussss!"

Anne setzte den Blinker.

„Anne, bitte, das ergibt doch keinen Sinn."

Ron redete unaufhörlich auf sie ein. Das Mädchen auf dem Rücksitz sagte nichts, saß mit eingefrorener Miene da. Der Drache klammerte sich an Annes Sitz, strahlte eine enorme Hitze aus und raunte ihr ins Ohr: „Hör nicht auf ihn!"

Ron redete weiter. Anne ignorierte es. Ihr Gesicht glühte. Sie verließ die Autobahn, fuhr die Abfahrt entlang und dann auf eine Mautstation zu. Dunkel erinnerte sie sich, dass sie unterwegs ein Ticket hatten ziehen müssen. Sie mussten nun an einem der Schalter dafür bezahlen.

„Vergisss esss! Fahr durch!"

„Anne!"

Sie steuerte auf die Spur für Telepass-Inhaber zu, die nicht mit einer Schranke gesperrt war. Doch direkt dahinter wartete das nächste Problem: die obligatorische Polizeisperre. Sie bestand aus zwei hellblauen Fahrzeugen der Polizia. Vor einem davon standen zwei uniformierte Beamte. Einer winkte gelangweilt mit einer Kelle, um Anne zu stoppen.

„Rechtsss vorbei!"

Sie roch den Schwefel. Der Drache war kurz davor, Feuer zu spucken.

„Anne!!!"

„Wir müssen die Trulla loswerden!", rief der Drache.

Anne gab Gas. Ron hielt sich am Armaturenbrett fest. Aus dem Augenwinkel sah sie den verdutzten Blick des Polizisten, als sie auf dem Standstreifen an ihm vorbeirauschte. Ron rief etwas. Anne fuhr auf einen Kreisverkehr zu. Am Straßenrand ein Schild, das ins Zentrum von Piacenza wies. Sie drosselte das Tempo nur wenig, fuhr mit Schwung in den Kreisel, sodass es den Anhänger fast von der Fahrbahn zog. Er polterte für einen Moment über den Bordstein. Aber es ging gut. Ron neben ihr rief nur noch, dass sie anhalten sollte.

„Weiter!", schrie der Drache. „Esss gibt kein Zurück."

Sie hörte den Drachen. Sie hörte nicht, was Ron rief. Sie hörte auch nicht die Sirene der Polizia. Erst, als der Polizeiwagen mit Tempo an ihr vorbeischoss und sich vor sie setzte, wurde ihr klar, dass sie sich eine Verfolgungsjagd mit der Polizei lieferte. Der Wagen vor ihr bremste. Anne konnte nicht an ihm vorbei in den Gegenverkehr steuern. Sie musste ebenfalls bremsen.

„Mach dasss nicht!"

Doch sie konnte nicht anders. Sie konnte einfach nicht. Und war es nicht sowieso eine schlechte Idee, vor der Polizei davonzufahren? Der Land Rover kam mitten auf der Straße zum Stehen. Annes Finger hatten sich tief in das Lenkrad gegraben.

„Warum machst du dasss?"

Am Polizeiwagen gingen beide Türen auf. Die Polizisten sprangen heraus, Maschinenpistolen im Anschlag. Sie kamen mit auf die Insassen gerichteten Waffen zum Land Rover. Ron hob die Hände. Anne tat es ihm nach.

„Scheiße“, fluchte der Drache.

An Annes Fenster erschien der erste Beamte. Er trug eine Maske und eine Sonnenbrille, weswegen sie seine Gesichtszüge nicht ausmachen konnte. Sie erkannte auch so, dass er sauer war. Er schrie irgendetwas auf Italienisch und gestikulierte dabei.

„Ich glaube, du sollst das Fenster runterlassen“, flüsterte Ron.

Zum ersten Mal seit ihrer Flucht blickte Anne zu ihm. Ron war nicht sauer. Anne konnte seine Mimik nicht deuten. Angst? Er deutete mit dem Kinn auf das Fenster. Anne nahm langsam die Hand herunter und drückte auf den Knopf, der das Fenster öffnete. Der zweite Polizist hatte sich mit etwas Abstand auf der Seite von Ron aufgebaut. Der Polizist auf Annes Seite sprach Italienisch. Sie verstand kein Wort. Also versuchte sie es auf Englisch: „Es ist ein Notfall. Medizinischer Notfall. Ich bin Krankenschwester.“

Sie wollte in ihre Handtasche auf der Mittelkonsole greifen, hörte ein gerauntes „Calma!“, während der Polizist das Maschinengewehr mit Nachdruck auf sie richtete. Ganz langsam griff sie in ihre Handtasche und holte den gefälschten Ausweis des Virchowklinikums heraus. Sie reichte ihn dem Mann.

„Krankenschwester“, erklärte sie auf Englisch. „Es ist ein Notfall. Wir müssen das Mädchen zum Bahnhof bringen.“

Sie deutete auf Leonie, die mit ebenfalls erhobenen Händen auf dem Rücksitz saß. In ihren Augen eine Mischung aus Angst und Unglaube. Nur der Drache hatte nicht die Arme gehoben. Er schüttelte unaufhörlich den Kopf.

„Dasss dauert viel zu lange."

„Es tut mir leid, dass ich nicht angehalten habe", erklärte Anne so freundlich, wie sie mit den Krallen des Drachens an ihrem Hals konnte. „Aber wir müssen wirklich zum Bahnhof."

„Bahnhof? Warum?", fragte der Polizist mit starkem Akzent.

Er hatte mittlerweile seine Waffe gesenkt. Sein Kollege ebenfalls, er kam herüber zu Annes Seite. Offensichtlich war man sich einig, dass die Gefahr seitens der Insassen im Land Rover überschaubar war. Aber auch nur, weil sie den Drachen nicht sehen konnten. Der war sauer, zischte und fluchte, quengelte und murrte. Er saß Anne im Nacken.

„Dieses Mädchen", sagte Anne auf Englisch. „Es muss nach Hause. Zu ihrer Mutter. In Deutschland. In Quarantäne."

Der Polizist blickte ungläubig an ihr vorbei zu Leonie, die nicht mehr ängstlich, sondern genervt wirkte. Sie nahm die Hände herunter. Rons Beispiel folgend. Derweil hatte der zweite Polizist den Ausweis an sich genommen und mit der anderen Hand sein Handy gezückt. Er wollte doch nun nicht ernsthaft im Virchow-Klinikum anrufen? Anne drehte sich der Magen um, in dem sich zum Glück nicht allzu viel befand.

„Du musst abhauen", raunte der Drache. „Sonst landest du im Gefängnisss. Im Hot Spot. In einem schmutzigen Gefängnisss."

„Keine Züge nach Deutschland", erklärte der Polizist. „Corona?"

Er deutete fragend auf Leonie.

„No!", rief Ron von der Seite. „No Corona."

„Aber wir müssen zum Bahnhof", insistierte Anne abwechselnd auf Deutsch und Englisch.

Der Polizist verstand buchstäblich nur Bahnhof. Seine

Stirn zeigte über der Sonnenbrille tiefe Falten des Unverständnisses. Doch nun hatte sein Kollege das Telefonat beendet und sagte etwas zu ihm.

„Uno Momento“, raunte der Polizist Anne zu und wandte sich an den Kollegen.

Die beiden unterhielten sich und zeigten dabei mehrfach auf Anne und den Ausweis. Anne verstand kein Wort. Dafür spürte sie Schweiß, der ihr in die Augen tropfte. Die Hitze, die der Drache ausstrahlte, war nicht mehr auszuhalten. Zu allem Überfluss lehnte sich nun auch noch Leonie von hinten in ihre Richtung. Es wirkte, als ob sie versuchte, etwas von der Unterhaltung der Polizisten zu verstehen. Der Drache rückte deswegen zur Seite, gab Anne Luft zum Atmen, wobei er aber nicht aufhörte zu quengeln.

„Das fliegt jetzt auf“, murmelte Ron. „Die nehmen uns fest.“

Er blickte Anne eindringlich an. Nicht vorwurfsvoll. Sie konnte den Blick nach wie vor nicht einordnen.

„Nein“, flüsterte Leonie. „Sie brauchen Annes Hilfe.“

„Was?“

Ihr Vater blickte Leonie überrascht an.

„Irgendwas von einem Jungen, der Hilfe braucht. Der Sohn eines Kollegen …“

„Du kannst Italienisch?“, fragte Ron seine Tochter verwundert.

„Hab ich seit der Achten“, antwortete sie, als ob ein guter Vater das hätte wissen müssen. „Mit *dem* Kurs war ich in Tirol.“

„Oh, okay.“

„Ich glaube, der Junge ist auf dem Weg hierher.“

„Nein, nein, nein“, sagte Anne. „Ich kann mich nicht um einen kranken Jungen kümmern. Auf keinen Fall. Der steckt uns alle an.“

Genau in dem Moment sahen die beiden Polizisten hoch.

An dem Land Rover vorbei nach hinten. Im Rückspiegel erkannte Anne, dass sich ein zweiter Polizeiwagen mit Blaulicht näherte. Der Polizist mit der Sonnenbrille kam zu ihr. Er bedeutete ihr, den Wagen an den Straßenrand zu fahren und auszusteigen.

„Hau ab!“, rief der Drache.

Nicht nur einmal, sondern immer und immer wieder.

„Anne“, sagte Ron ganz ruhig. „Fahr an den Rand. Wir hören uns das an. Die werden keinen Jungen mit Corona zu uns bringen. Das ergibt keinen Sinn. Bitte!“

Der Polizist hatte die Maschinenpistole wieder fester gegriffen, aber er richtete sie nicht auf Anne, sondern winkte sie zur Seite. Anne startete den Wagen und ließ ihn auf den Grünstreifen am Rand rollen. Direkt hinter ihnen stoppte das andere Polizeiauto. Anne sah im Rückspiegel, dass sich außer zwei weiteren Polizisten eine Frau und ein vielleicht fünfjähriger Junge darin befanden. Anne zuckte zusammen, als der Polizist mit der Sonnenbrille neben ihr erschien und mit schlechtem Englisch auf sie einzureden begann. Anne hörte die Worte, aber verstand sie nicht, denn der Drache jammerte darüber, dass alles immer schlimmer wurde. Dass sie weg mussten. Abhauen! Leonie schaltete sich ein, sprach den Polizisten auf Italienisch an. Er war erfreut über diese Wendung und erklärte dem Mädchen, was los war. Derweil kamen die anderen Polizisten zu ihnen.

„Okay“, sagte Leonie schließlich. „Wenn ich’s richtig verstehe, ist der Junge in eine Scherbe getreten. Die Wunde muss man sich anschauen, reinigen, verbinden. Mehr nicht. Sie wollen damit nicht ins Krankenhaus, weil die da voll sind. Außerdem wollen sie die Mutter und den Jungen von Corona fernhalten.“

„Eine Wunde versorgen?“, fragte der Drache. „Giftigesss Blut?“

„Ich kann das nicht“, sagte Anne.

„Haben die keinen Kinderarzt hier?“, fragte Ron seine Tochter.

„Der liegt im Krankenhaus. Corona.“

„Ich kann das nicht.“

Anne konnte noch nicht einmal den Wagen verlassen. Der Polizist sagte erneut etwas zu Leonie. Mittlerweile standen vier Beamte vor ihrem Fenster. Alle blickten Anne erwartungsvoll an. Leonie antwortete etwas. Die Beamten lachten. Plötzlich herrschte eine aufgelöste Stimmung unter den Männern. Leonie redete immer mehr mit ihnen. Ihr Italienisch war alles andere als perfekt, aber mit Hilfe von Gesten und ein paar englischen Wörtern konnte sie sich gut verständlich machen. Es ging hin und her. Sie wirkte plötzlich erstaunlich erwachsen und cool. Schließlich sagte sie etwas, wozu der Fahrer des neuen Wagens, ein bärtiger Mann von bemerkenswerter Statur, zustimmend nickte. Trotz der Maske erkannte Anne an den Grübchen neben seinen Augen, dass er sie anlächelte.

„Okay, der Typ mit dem Bart ist der Vater von dem Jungen. Er ist auch der Polizeichef. Und er hat zugesagt, dass wir keinen Ärger wegen deiner wilden Flucht bekommen, wenn du hilfst. Und!“

Sie lächelte nun ebenfalls, steigerte für einen Moment die Spannung, bevor sie triumphierend verkündete: „Ich habe ihnen die Geschichte von euren Eltern erzählt. Sizilien und so. Der Polizeichef gibt uns ein offizielles Dokument, mit dem wir uns frei in ganz Italien bewegen können.“

„Das hast du verhandelt?“

Ron war sichtlich beeindruckt von seiner Tochter.

„Nützt unsss nur nichtsss, wenn wir tot sind.“

„Ich kann das trotzdem nicht“, flüsterte Anne. „Ich bin keine Krankenschwester.“

Jetzt schaltete sich Ron ein. Er legte ihr beruhigend seine Hand auf den Arm. Erstaunlicherweise beruhigte es tatsächlich mehr, als dass es Anne in neue Panik versetzte. So weit war es schon. Angefasst zu werden war das kleinere Übel.

„Wir machen das zusammen. Leonie, sag ihnen, dass ich auch Krankenschwester bin."

Leonie musste über die Formulierung schmunzeln und wandte sich an die Polizisten. Während sie übersetzte und geradezu mit den Männern flirtete, verteilte Ron Mund-Nasen-Masken an alle. Er nickte dabei den Polizisten freundlich zu, rief „Uno Momento" und stieg dann aus. Wie in Trance zog Anne ihre Maske über.

„Du willst da jetzt raussss?", fragte der Drache bissig.

„Es geht nicht anders", zischte Anne.

„Was?", fragte Leonie irritiert.

Anne hat laut mit dem Drachen gesprochen. Etwas, das ihr sonst nie passierte. Sie winkte schnell ab, musste sich jetzt zusammenreißen. Sie musste funktionieren. Über den Rückspiegel sah sie, wie Ron zum Kofferraum ging und einen enormen Erste-Hilfe-Koffer herausholte. Sie stieg aus, als der Polizist zuvorkommend ihre Tür öffnete, und folgte der am Drachen vorbeigekletterten Leonie zu dem anderen Polizeiwagen. Auf dem Rücksitz lag der weinende Junge mit einem improvisierten, blutgetränkten Verband um den Fuß. Daneben eine sorgenvolle, aber auch dankbare Mutter. Ron tauchte neben Anne mit dem Koffer auf.

„Kannst du das?", fragte Leonie ihn.

„Ich kann sogar Schusswunden versorgen", antwortete er nicht ohne Stolz. „Das lernt man bei den Kursen. Für … du weißt schon."

Mit diesen Worten öffnete er seinen Koffer, der tatsächlich alles enthielt, was das Medizinerherz erfreute. Es fehlte nur noch ein Defibrillator. Er sagte „No problemo" zu dem Jungen und machte sich an die Arbeit. Anne stand neben Ron und auch neben sich. Im Leben hätte sie nicht gedacht, dass das funktionieren würde. Doch nach einer Weile geschah etwas Merkwürdiges. Rons geduldige Führung, seine klaren Anweisungen an sie führten dazu, dass sie wie ein professionelles Team mit dem Jungen arbeiteten. Es war hauptsächlich Ron, der sich kümmerte, aber er nahm Anne mit. Niemandem fiel auf, dass sie kurz vor einem Zusammenbruch stand. Zumal man ihre Panik hinter der Maske nicht sehen konnte. Ohne, dass Anne irgendetwas Verseuchtes berühren musste, reinigten sie die Wunde, zogen kleine Splitter mit einer Pinzette heraus, desinfizierten alles und legten einen perfekten Verband darum. Ron hatte sogar ein Spidermanpflaster in seinem Koffer, das er zum Abschluss auf den Verband klebte und damit den Jungen verzückte. Seine Mutter natürlich auch. Und ganz besonders seinen Vater, der ihnen nach vollbrachter Arbeit dankbar auf die Schultern klopfte. Anne ließ es geschehen. Sie ließ alles einfach nur noch geschehen.

Irgendwann fand Anne sich auf dem Beifahrersitz wieder. Ron saß neben ihr am Steuer, scherzte auf Tarzan-Italienisch mit den Polizisten, während Leonie sich hinter Anne setzte. Der Drache hatte aufgegeben. Er war riesig groß, wütend, überhitzt, aber auch still. Er saß mit eisigem Blick neben Leonie. Als alle angeschnallt waren, kam der Polizeichef zu Anne ans Fenster. Er reichte ihr den Dienstausweis und ein italienisches Dokument. Ihren Freifahrtschein. Anne nahm die Papiere entgegen und nickte zu allem, was er sagte.

„Er dankt dir“, übersetzte Leonie von hinten. „Und er bittet uns, jetzt wieder auf die Autobahn zu fahren. Und auch darauf zu bleiben, bis wir an unserem Ziel sind.“

Anne sagte nichts dazu. Ron startete den Wagen. Er schaute noch einmal zu Anne und fuhr los. Die Polizisten hatten kurz die Straße gesperrt, damit der Land Rover mitsamt Anhänger wenden konnte. Es wurde viel gewinkt, dann waren sie auf dem Weg zurück auf die Autobahn. Auf dem Weg Richtung Sizilien. Mit Leonie auf dem Rücksitz.

12

„Wir sind ein starkes Team, oder?", rief Ron gut gelaunt.

Er blickte aufmunternd zu Anne, die erschöpft auf dem Beifahrersitz saß. Sie waren eine Weile stumm gefahren, entlang der fast leeren Autobahn. Anne hatte dieses Mal Leonie im Nacken, nicht mehr den Drachen. Sie musste zugeben, dass es sich besser anfühlte. Aus dem Augenwinkel blickte sie zu ihrem ständigen Begleiter. Seine Augen waren bis auf einen kleinen Schlitz geschlossen. Er schüttelte kaum sichtbar den Kopf. Heiße Wut, von der Anne gedacht hatte, dass sie sich längst entladen hätte. Aber es war nichts passiert. Sie lebte noch.

„Wer weisss, ob du nicht längst infiziert bist", zischte der Drache.

Das holte Anne auf den Boden der Tatsachen zurück. Sie nahm das Desinfektionsmittel aus ihrer Tasche und rieb sich die Hände ausgiebig ein. Egal, ob Ron sie dabei genau beobachtete. Sie brauchte den frischen Geruch, das leichte Brennen auf der Haut. Sie sehnte sich nach einer Dusche.

„Wir sollten jetzt mal Claudia anrufen, um ihr zu sagen, dass Leonie mit uns fährt", sagte Ron vorsichtig.

„Tsss", kam es von hinten.

„Okay", sagte Anne, die sehr wohl die implizite Frage in diesem Satz verstanden hatte.

Sie – und auch der Drache – mussten akzeptieren, dass sie das Mädchen nicht so leicht loswerden würden. Zudem konnte Leonie hilfreich sein, wie sie bei der letzten Begegnung bewiesen hatte. Ohne ihr Dazutun hätte die Situation leicht eskalieren können.

„Ehrlich?“, kam es erfreut von dem Mädchen.

„Ja“, sagte Ron. „Aber du rufst sie an.“

„Och, nee. Kannst du das nicht machen?“

Sie legte von hinten ihrem Vater die Hand auf die Schulter und klang wieder wie eine Siebenjährige.

„Du hast den Mist verzapft, also erklärst du ihn auch“, antwortete Ron trocken.

„Papa!“

Rons Augenlid zuckte. Anne konnte nur erahnen, wie sehr er es vermisst hatte, so angesprochen zu werden. Er blieb dennoch stur.

„Wenn das hier klappen soll, Leonie, musst du auf mich hören. Ruf sie an!“

Das Mädchen stöhnte. Auch, wenn Anne es nicht sehen konnte, spürte sie den Trotz, der aus Leonie strömte, während sie ihr Handy aus der Tasche zog, es einschaltete und ihre Mutter anrief. Das Zischen und Fluchen dabei erinnerte Anne an den Drachen. Doch unterm Strich blieb, dass Leonie Ron gehorchte. So gesehen war er schon weiter mit seiner Reisebegleitung als Anne.

Das Telefonat war von erstaunlich kurzer Dauer. Claudia war nicht doof und längst davon ausgegangen, dass Leonie sich die Reise mit dem Vater erschlichen hatte. Sie stellte diverse Strafen für Leonies Rückkehr in Aussicht, akzeptierte aber Rons Entscheidung, Leonie mitzunehmen, auffallend schnell. Anne konnte sich gut vorstellen, dass sie ganz froh war, die geballte Pubertät für eine Weile loszuwerden. Sie ließ sich am Ende Ron geben, instruierte ihn mit irgendetwas und war sich mit ihm einig, dass dieses Vergehen nicht ohne Konsequenzen für Leonie bleiben würde. Die Eltern verabschiedeten sich fast freundschaftlich voneinander. Leonie nahm ihr Telefon mit einem trotzigen „Ich will doch nur meinen Vater kennenlernen. Ist das ein Verbrechen?“ zurück.

„Der Verstosss gegen die Quarantäneauflagen ist zumindest eine Ordnungswidrigkeit“, schaltete sich der Drache ein.

Er hatte sich beruhigt, war zu seinen spöttischen Kommentaren zurückgekehrt. So war er Anne weit lieber.

Ron ging nicht weiter auf Leonies Frust ein. Er ging auf überhaupt nichts ein. Auch nicht auf Annes Amokfahrt. Vielleicht war er doch sensibler, als Anne gedacht hatte. Stattdessen schaltete er das Radio ein, aus dem bald Popmusik dudelte. Über den Rückspiegel blickte er immer wieder zu Leonie. Anne konnte mit einer kleinen Verrenkung über den Außenspiegel sehen, wie das Mädchen trotzig aus dem Fenster blickte. Dabei hatte sie alles erreicht, was sie wollte. Schließlich griff Ron hinter sich. Auf dem Boden vor den Rücksitzen lag das Stoffschwein. Er hob es auf und reichte es Leonie. Sie nahm es, kuschelte sich daran und sagte sonst nichts.

„Wieso sieht dieses Schwein eigentlich so komisch aus?“

Anne versuchte es mit Konversation. Nach dem Desaster mit der Polizeisperre wollte sie zeigen, dass sie ein Team waren. Dass sie dazu beitragen konnte. Ron freute sich darüber.

„Willst du erzählen?“, fragte Ron in Richtung Leonie.

„Ist ein Minecraft-Schwein“, kam es knapp von hinten.

„Ein Computerspiel, das wir früher zusammen gespielt haben“, ergänzte Ron. „Dort kann man ganze Welten erbauen. Aber es ist alles eckig. Auch die Schweine.“

Anne hatte von dem Spiel gehört, es aber noch nie gespielt.

„Wir hatten unser eigenes Dorf“, sagte Leonie plötzlich. „Leoniehausen.“

Sie lehnte sich nach vorn, taute auf. Es schienen positive Erinnerungen zu sein. Auf Rons Gesicht formte sich ein breites Lächeln. Er nahm sein Handy von der Mittelkonsole.

„Ich will dir was zeigen“, sagte er zu Leonie und wirkte schlagartig aufgeregt.

Mit abwechselnden Blicken auf die Straße und auf sein Handy suchte er nach einem Foto. Als er es fand, entfuhr ihm ein Glucksen. Anne sah das Bild, als er das Gerät nach hinten reichte. Es war ein Foto seines Hauses in Mahlsdorf. Er musste es mit einer Drohne aus der Luft aufgenommen haben, denn man konnte das Haus, die Garage, den Stall und auch die Gewächshäuser von oben sehen.

„O mein Gott!“, hörte sie Leonie ausrufen. „Leoniehausen.“

Anne schaute sich um, weil sie den Bruch in Leonies Stimme nicht glauben konnte. Zu ihrer großen Überraschung entdeckte Anne eine Träne in Leonies Auge. Das Mädchen spielte nicht. Sie war schlagartig gerührt.

„Du hast es in echt gebaut“, hauchte das Mädchen.

Anne spürte eine Gänsehaut. Jetzt verstand sie die merkwürdige Architektur auf Rons Anwesen. Die klobigen Formen. Er hatte die Gebäude dem Computerspiel nachempfunden.

„Es gibt auch Hühner, Schweine, Pferde“, sagte er voller Stolz. „Nicht eckig, aber sie heißen so wie unsere. Schau dir die nächsten Bilder an.“

„O mein Gott“, flüsterte Leonie.

Sie scrollte durch die Fotos und fiel von einer Entzückung in die nächste. Sie „erkannte“ die Tiere wieder, die sie selbst in dem Spiel geschaffen hatte. Ron hatte Wert auf Details gelegt, sich bemüht, alles so zu konstruieren wie in Leoniehausen. Dort hatte es sogar den Bunker schon gegeben. Leonie stand irgendwann nur noch der Mund offen.

„Ich würde mich sehr freuen“, sagte Ron, „wenn du mich mal besuchen kommst.“

Auch er hatte feuchte Augen.

„Jetzt wird'sss aber kitschig", zischte der Drache.

Anne schaute ihn böse an. Die Verbindung von Vater und Tochter rührte sie. Die Verbindung, der sie im Land Rover am Rande der italienischen roten Zone beim Wiedererwachen zuschauen konnte. Leonie war begeistert, erinnerte sich an die vielen Stunden, die Vater und Tochter gemeinsam Minecraft gespielt hatten. Sie stellte Fragen zum echten Leoniehausen und irgendwann auch zu Rons Leben. Sie erzählte von ihrem. Die beiden holten nach, was ihnen jahrelang verwehrt geblieben war. Anne verstand nicht alles, hörte irgendwann auch gar nicht mehr richtig zu, sondern war einfach nur froh, dass es nicht um sie ging. Um ihr unerklärliches Verhalten an der Autobahnausfahrt. Dass etwas Positives entstand. Die Anspannung fiel von ihr ab. Die Stimmen von Leonie und Ron wurden zu einem Plätschern. Das Rauschen der Straße ein Fluss. Anne schloss kurz die Augen.

13

Als Anne erwachte, befanden sie sich bereits hinter Florenz. Sie hatte fast drei Stunden geschlafen, fühlte sich erholt. In der Ferne waren mit Wein bedeckte Berghänge auszumachen, malerische Olivenhaine. Bei einem Blick nach hinten sah Anne, dass Leonie noch immer oder vielleicht auch wieder die Fotos auf Rons Handy betrachtete. Leoniehausen. Neben dem Mädchen saß der Drache. Auch er war eingenickt, öffnete aber die Augen, als Ron die wache Anne entdeckte und ansprach.

„Na, ausgeschlafen?"

Er lachte laut. Anne nickte. Sie konnte sich nicht erinnern, jemals tagsüber so lange geschlafen zu haben. Schon gar nicht in einem schmutzigen Auto mit mehr oder weniger fremden Menschen um sie herum.

„Vielleicht kannst du dann wieder übernehmen?", fragte Ron. „Ich mache langsam schlapp."

Er blinzelte müde. Anne war sofort hellwach und stimmte zu. Sie steuerten den nächsten Rastplatz an, wo alle auf Toilette mussten. Alle außer dem Drachen. Er begleitete Anne dennoch und ermahnte sie, ihre große Handtasche mitzunehmen. Natürlich für ein ausführliches Reinigungsritual, ohne das Anne niemals eine öffentliche Toilette benutzen würde. Aber es ging dem Drachen nicht nur um die Reinlichkeit. Die Bedrohung ging dieses Mal tiefer. Anne kramte ihr Fiebermessgerät heraus und setzte es sich an die Stirn. 36,8 Grad Celsius.

„Noch mal“, sagte der Drache.

36,9 Grad.

„Noch mal.“

36,8 Grad.

„Noch mal.“

36,8 Grad.

„Noch mal.“

36,9 Grad.

„Okay.“

Er bestand stets auf fünf Durchgängen, wenn es den Verdacht einer Infektion gab. Eigentlich auch auf stündliche Messungen.

„Aber dasss wird wohl schwierig mit der Pest an Bord.“

An Bord wurde es bei der weiteren Fahrt sehr ruhig. Ron schlief ein, kaum dass sie ein paar Kilometer weiter durch die Chianti-Region gefahren waren. Leonie beäugte Anne noch eine Weile skeptisch, schloss aber irgendwann auch die Augen. Anne hatte endlich Zeit, großzügig Desinfektionsmittel im Fahrerbereich zu verteilen. Der vertraute Duft breitete sich bald aus. Anne gefiel es, im Licht der tiefstehenden Sonne über die *Autostrada del Sole* zu rauschen, Stille im Wagen, ihre Gedanken freilaufend. Der Horror mit der Polizei erschien ganz weit weg.

Der nächste Fahrerwechsel fand nach gut zwei Stunden statt, als sie sowieso mal wieder tanken mussten. Annes Körpertemperatur war auch bei dem Stopp in der Nähe von Rom stabil. Alle waren noch fit, sodass sie beschlossen, trotz einsetzender Dunkelheit weiterzufahren. Ron kannte aus jungen Jahren hinter Salerno einen Campingplatz – dieses Mal aber wirklich –, der aus irgendwelchen Gründen etwas Besonderes war. Anne stimmte zu. Von dort würden sie es am nächsten Tag zügig nach Syrakus schaffen, sogar mit dem Unsicherheitsfaktor Fähre auf dem Weg. Die Rückfahrt einen Tag später sollte danach problemlos möglich sein. Anne schöpfte Hoffnung, dass die Rettungstour doch noch gelingen würde.

Ron hatte nicht zu viel versprochen: Der Campingplatz war ein Volltreffer. Er war zwar in die Jahre gekommen, lag dafür aber unmittelbar am Meer, neben einem endlosen Sandstrand, von dem aus man im Mondschein die nahe Amalfiküste sehen konnte. Es gab Bungalows, schattige Bereiche für Zelte und eine leere Reihe mit Plätzen für Wohnwagen, die zwei Meter oberhalb des Strandes standen. Man konnte aus dem Fenster des Anhängers nachts aufs Meer blicken. Natürlich waren so gut wie keine anderen Gäste auf dem Campingplatz. Italien befand sich im Lockdown. Das Besitzerehepaar scherte sich einen Teufel um Ausgangsbeschränkungen oder Sperren, sondern hieß die ankommenden Deutschen herzlich willkommen. Laut Leonies Übersetzungen waren sie sauer, dass das ganze Land für die „Probleme des Nordens“ zahlen musste. In ganz Kampanien gab es „nur ein paar hundert“ Infizierte. Ron nickte eifrig, als der Besitzer erklärte, dass jede Grippe schlimmer wäre. Anne sagte nichts dazu. Sie war froh, dass der Platz so leer war.

Neben einer Bar und einem Restaurant gab es einen kleinen Shop, den die Besitzer gerne öffneten, damit Leonie sich, finanziell unterstützt von ihrem Vater, mit dem Nötigsten eindecken konnte. Sie reiste schließlich ohne Gepäck. Die Zeit nutzte Anne, um Frau Kabongo anzurufen.

„Entschuldigen Sie die späte Störung“, eröffnete Anne das Gespräch.

Es war kurz vor neun.

„Kein Problem“, hörte sie die beruhigende Stimme ihrer

Therapeutin. „Ich habe viel an Sie gedacht. Wie geht es Ihnen?"

„Jetzt wieder besser."

Kein Wunder. Anne stand am Strand und blickte aufs Meer hinaus, in dem sich das Mondlicht spiegelte. Der Drache war ihr mit skeptischer Miene gefolgt, verzog sich bei Beginn des Telefonats aber hinter die Steintreppe, die vom Campingplatz zum Strand hinunterführte.

„Und weswegen ging es Ihnen nicht gut?"

Anne berichtete so knapp es ging von den Vorkommnissen bei Piacenza. Es kam ihr mittlerweile selbst absurd vor, dass sie wie eine Bankräuberin durch die Polizeisperre gebrochen war. Frau Kabongo hörte sich alles geduldig an, klang weder überrascht noch verurteilend. Sie wurde lediglich durch ihre Söhne unterbrochen, die nicht einsahen, dass sie sich schon bettfertig machen sollten, wo doch „Corona-Ferien" waren. Auch wenn Frau Kabongo sich kurz entschuldigte und den Hörer abdeckte, konnte Anne hören, wie die Mutter ihren Kindern klarmachte, dass das alles kein Spaß war und sie am nächsten Tag pünktlich um halb neun am Küchentisch den Unterricht aufnehmen würden. Dann wandte sie sich wieder an Anne.

„Wissen Sie noch, wie wir damals die Konfrontationstherapie gemacht haben?", fragte sie.

Anne konnte sich gut erinnern, wie ihre Therapeutin ohne Mund-Nasen-Maske oder Handschuhe mit ihr U-Bahn gefahren war – Annes damaliger Endgegner in Sachen Viren. Sie hatte alle möglichen Griffe und Türöffner anfassen müssen. Danach war Frau Kabongo mit Anne nach Hause gegangen und hatte sich eine geschlagene Stunde mit ihr vor das Waschbecken gesetzt, ohne dass Anne sich die Hände waschen durfte. Es war der Horror für sie gewesen. Sie hatte Todesängste ausgestanden. Der Drache war fuchsteufelswild geworden, hatte gezischt und gespuckt. Doch genau das war der Punkt der Übung: Der Drache konnte nicht ewig so weitermachen. Irgendwann hatte er nachgelassen, sich beruhigt. Anne hatte erlebt, dass sie ihn kontrollieren konnte. Danach war es ihr besser gegangen. Sie hatte wieder arbeiten gehen können. Der Drache war geschrumpft. Er war nie verschwunden, und es war etwas ganz anderes, wenn Frau Kabongo nicht dabei war, aber Anne hatte seine Schwäche gesehen. Der Drache konnte sie unter Druck setzen, aber er konnte ihr nichts tun.

„Das scheint heute ebenfalls passiert zu sein", erklärte Frau Kabongo. „Ganz ohne mich. Das ist sehr gut. Das ist eine sehr erfreuliche Entwicklung."

Von der Treppe kam ein abschätziges Geräusch.

„Nur, dasss wir esss diesmal mit einer *echten* Bedrohung zu tun haben", zischte der Drache, ohne herüberzuschauen.

„Aber es besteht doch bei Corona wirklich eine Gefahr", übersetzte Anne dieses Argument.

„Das stimmt", lenkte Frau Kabongo ein. „Aber die Gefahr ist weit geringer, als der Drache es sie glauben lassen will. Sie messen Fieber?"

Frau Kabongo kannte Anne nur zu gut.

„Ja."

„Machen Sie das. Machen Sie es regelmäßig. Kein Problem. So lange Sie kein Fieber haben, gibt es keinen Grund zur Sorge. So machen es alle. Auch im Krankenhaus."

„Okay."

Anne hörte Stimmen am Land Rover. Ron und Leonie kehrten vom Einkaufen zurück. Schnell bedankte sie sich bei ihrer Therapeutin und beendete das Gespräch. Es hatte ihr tatsächlich geholfen zu hören, dass sie sich auf dem richtigen Weg befand. Auch, wenn der Drache einmal mehr mit dem Kopf schüttelte.

Als Anne zu den anderen zurückkehrte, standen sie vor

der Tür des Wohnwagens. Leonie hatte hineingehen wollen, um sich die Jeans und Socken anzuziehen, die sie im Shop gekauft hatte. Doch Ron erklärte ihr geduldig und strikt, dass der Wohnwagen Annes Reich war und Leonie sich auch draußen umziehen konnte. Es war eh kein Mensch weit und breit zu sehen.

„Es ist saukalt“, protestierte Leonie.

„Angenehme zwölf Grad“, entgegnete Ron trocken. „Du wirst es überstehen.“

„Heißt das, ich schlafe auch nicht im Wohnwagen?“

„Dasss wär ja noch schöner!“, zischte der Drache.

Anne blieb mit ihm hinter dem Wohnwagen stehen, sagte aber nichts, denn Rons Antwort interessierte sie ebenfalls.

„Nein“, sagte der Vater. „Wir schlafen im Land Rover. Ich hab einen Schlafsack für dich, und es gibt eine Standheizung.“

„Aber da drin ist doch voll viel Platz.“

„Es ist Annes Platz.“

„Boah, ey. Wenn ich so ’ne Nummer abgezogen hätte wie sie heute, hättest du mich am Straßenrand schlafen lassen.“

„Das hätte ich nicht“, antwortete Ron mit ruhiger Stimme. „Und das weißt du.“

Leonie stöhnte und klang dabei fast wie der Drache. Anne räusperte sich und ging mit festem Schritt um den Wagen herum. Vater und Tochter beendeten ihren Disput. Leonie latschte trotzig mit ihrer Einkaufstüte zum Land Rover.

„Die haben uns einen Grill geliehen“, erklärte Ron gut gelaunt in Annes Richtung. „Ich werfe den gleich an. Hab tolle Steaks dabei.“

„Ich weiß nicht“, sagte Anne. „Ich bin müde und …“

„Du hast drei Stunden im Auto geschlafen. Und du musst endlich etwas essen.“

„Trotzdem. Ich …“

„Geh erst mal duschen, dann schauen wir.“

Anne war sich nicht im Klaren darüber, warum er sich so sicher war, dass sie duschen gehen wollte. Aber tatsächlich war der Drang in ihr extrem groß. Sie gehorchte letztlich genau wie Leonie und holte ihre Sachen aus dem Wohnwagen.

14

Als Anne vom Duschen zurückkehrte, wehte ihr der Geruch des Feuers gemischt mit der salzigen Luft vom Meer entgegen. Der Wind brachte Erinnerungen an längst vergessene Zeiten mit sich. Ihre Reisen während des Studiums; Ibiza, Ko Samui oder Kalifornien. Nachts am Strand, ein Feuer, kühler Weißwein; lachen mit ihren Freundinnen oder manchmal auch mit einer Männerbekanntschaft. Ein anderes Leben. Ron stand in der „Küche" an der Außenseite des Wohnwagens, wo sich auch ein Kühlschrank befand. Er hatte tatsächlich Steaks mit auf die Reise genommen, und eine Packung Grillwürste. All das drapierte er liebevoll auf einem Teller.

„Es gibt auch frischen Salat. Haben die Besitzer uns gebracht."

Er deutete auf den Campingtisch, den er ein wenig entfernt vom Grill aufgebaut hatte. Direkt an der kleinen Mauer zum Strand. Dort war für drei Personen gedeckt, eine Flasche Wein stand neben der Schüssel mit dem Salat. Kerzen brannten in Windlichtern, auf jedem Stuhl lag eine Decke. Leonie war dahinter am Strand in ihre neuen Sachen gekleidet unterwegs, zu denen auch ein viel zu bunter Sweater mit der Aufschrift „life is better when you eat lasagne" gehörte. Das Mädchen versuchte, die Schönheit des Mondlichts auf dem Meer mit dem Handy einzufangen. Sicherlich vergeblich.

Der Drache marschierte schnurstracks in den Wohnwagen. Doch Anne blieb stehen. Sie sah den auffordernden Blick ihres mythischen Begleiters sowie den fragenden Blick ihres menschlichen Begleiters.

„Na gut“, sagte Anne zu Ron.

Sie hatte Hunger. Außerdem war sie nach der eiskalten Dusche nicht ansatzweise müde. Die Vorstellung, hellwach in dem Wohnwagen zu liegen, während draußen das leckere Fleisch auf dem Grill brutzelte, erschien ihr wenig verlockend. Unter dem Zischen des Drachens ging sie zum vorbereiteten Tisch und setzte sich.

„Aber nicht lange“, sagte sie dabei mehr zum Drachen als zu Ron.

Ron widersprach nicht. Aber das musste er auch nicht. Anne rannte so schnell nicht davon. Sie fühlte sich wohl. Steaks und Salat waren lecker, der Wein schmeckte, das Plätschern der Wellen entspannte. Als Ron nach dem Essen den Grill mit den glühenden Kohlen näher zog und Anne sich in die Decke kuschelte, verspürte sie nicht im Geringsten das Bedürfnis, ihren Platz zu verlassen. Leonie war zunächst vom Meer ergriffen, bald aber auch von dem Gespräch über Annes Arbeit als Steuerfachfrau gelangweilt, sodass Ron vorschlug, etwas zu spielen.

„Kennst du Ligretto?“, fragte er Anne.

Spätestens in diesem Moment war sie endgültig zehn Jahre jünger. Das wilde Kartenspiel hatten sie in ihrer WG oft gespielt, auf Reisen dabeigehabt, auch am Strand. Es ging im Kern darum, wer am schnellsten seine Karten in der richtigen Reihenfolge ablegte. Das ging nur mit hoher Konzentration, flinken Fingern und manchmal auch mit lautem Geschrei. Anne hatte es geliebt.

„Ich bin inoffizielle deutsche Meisterin darin“, ließ Anne übermütig verlauten.

„Das kann nicht sein!“, protestierte Leonie. „Das bin ich.“

Ron lachte laut und holte die Karten. Es stellte sich heraus, dass Vater und Tochter früher wie die Wahnsinnigen Ligretto gespielt hatten. Und dass Leonie es vermisste. Ihre Mutter war für Spiele jeglicher Art nicht zu haben, und wahrscheinlich war Leonie zu cool, um ein Kartenspiel in ihrem Freundeskreis vorzuschlagen. Tatsächlich war sie verdammt gut darin, und die drei lieferten sich ein knappes Spiel nach dem anderen. Genauer gesagt die beiden Frauen, denn Ron lachte die meiste Zeit über die nicht ernst gemeinten Beschimpfungen zwischen Anne und Leonie. Dadurch verpasste er seine eigenen Einsätze. Im Kerzenlicht und unter gelegentlichen Windstößen vom Meer her waren die Bedingungen sowieso erschwert. Trotzdem wollte keiner aufhören. Erst, als Leonie fast zitterte vor Kälte und es sowieso gerade unentschieden zwischen den Frauen stand, beendete Ron das Spiel. Mit der Forderung nach einer Fortsetzung verabschiedete sich Leonie zum Schlafen in den Land Rover. Ron verbat Anne, ihm beim Aufräumen zu helfen, sodass sie sich noch kurz zum Meer aufmachte. Sie wollte diesen Abend bis zum letzten Moment auskosten. Er war der schönste seit vielen Jahren, und das nach dem Desaster in der Mittagszeit.

„Woher kannst du so gut Ligretto spielen?", fragte Ron, als er sich nach einer Weile zu Anne gesellte, die nur wenige Schritte vom Wasser entfernt stand und in die Dunkelheit blickte.

„Ich habe in Aachen in einer WG gelebt. Während des Studiums. Catrin und Ute. Wir haben Ligretto geliebt. Überhaupt haben wir abends gerne gespielt. Bei einem Glas Wein. Oder wir sind ausgegangen. Gefühlt bin ich vier Jahre lang nicht vor Mitternacht ins Bett gekommen."

Sie lächelte bei den Erinnerungen an die Zeit in Aachen.

„Hast du noch Kontakt zu ihnen?"

Annes Lächeln versiegte.

„Nicht wirklich."
„Wieso?"
Sie zuckte mit den Schultern.
„Die Distanz. Die Männer. Erst hat Catrin geheiratet, dann ich. Ute hat mittlerweile drei Kinder."
Anne gefiel ihre Antwort nicht.
„Nein, wenn ich ehrlich bin: Wir hatten noch lange nach der WG Kontakt. Wir haben uns regelmäßig besucht, geschrieben, waren sogar mal mit den Männern im Urlaub."
„Aber?"
„Sie wussten nicht, wie sie mit mir umgehen sollten, als Julian gestorben ist. Und ich wusste es auch nicht. Dann haben wir es irgendwann ganz gelassen."
Ron nickte verstehend. Er seufzte und schaute hinaus auf das Meer. Anne spürte, dass er etwas zu Julian nachfragen wollte, aber das hatte sie ja einen Tag zuvor noch abgeblockt. Jetzt wünschte sie es sich.
„Wie ist eigentlich die Wassertemperatur?", fragte Ron.
Er machte Smalltalk. Anne konnte es ihm nicht verübeln. Während er in die Hocke ging, um das Wasser zu fühlen, zuckte Anne mit den Schultern.
„Kalt", vermutete sie.
Er legte seine Hand in das Wasser, das angespült wurde.
„Geht", sagte er. „Wärmer als die Luft. Ich glaub, hier in der Bucht wird es nie so richtig kalt. Ist ja nicht die Ostsee."
„Aha."
Anne nickte. Sie war nicht gut im Smalltalk. Ihr war nicht danach. Auch Ron sagte nichts mehr, hielt die Hand in den Sand gedrückt, wo sie vom Wasser umspült wurde. Man hörte für eine Weile nur noch den Wind und das Meer.
„Danke", sagte Ron in die Stille hinein.
„Wofür?"
Er schaute auf.

„Dass ich Leonie mitnehmen darf. Das heute … das war mein schönster Tag seit Jahren."

Er stand auf, hatte ein Glitzern in den Augen. Anne nickte und lächelte. Sie gönnte es ihm von ganzem Herzen.

„Ich hätte sie nie gehen lassen dürfen", sagte Ron. „Damals, weißt du, ich habe diese Doku über Fukushima gesehen. Wie die Familie eines Arbeiters alles verlor. Die Arbeit, das Haus. Einer nach dem anderen wurde krank. Sie waren vollkommen hilflos. Das war furchtbar. Ich war so glücklich mit meiner kleinen Familie, dass ich richtige Panik bekam. Ich saß vor der Glotze und hatte Herzrasen. Und ich habe geschworen, dass ich alles tun würde, um sie zu schützen. Dann habe ich angefangen mit du weißt schon und … am Ende habe ich sie genau dadurch verloren."

Er lachte. Noch nicht einmal mit Bitterkeit. Es klang eher wie: so blöd!

„Dabei hast du recht gehabt", sagte Anne.

Er blickte sie fragend an.

„Man kann alles von einer Sekunde auf die andere verlieren. Julian und ich. Wir hatten gerade beschlossen, ein Kind zu bekommen. Wir waren glücklich. Alles war gut. Und dann war er tot."

„Hat er sich einen Virus eingefangen?", fragte Ron vorsichtig.

„Nein", antwortete Anne irritiert. „Wie kommst du darauf? Das ist sechs Jahre her."

„Okay", sagte Ron.

„Er hatte einen Herzinfarkt. Mit zweiunddreißig. Niemand wusste, dass er eine Arteriosklerose hatte. Verkalkte Blutgefäße. Er ist einfach umgefallen. Das hätte kein Bunker und keine Schweinezucht verhindert. Das passiert einfach."

„Du hältst das für Quatsch, was ich mache."

„Nein“, sagte Anne schnell. „Gar nicht. Ich kann’s verstehen. Aber ich glaube nicht, dass es dich rettet.“

Ron schaute auf den Boden. Auf das Wasser, das seine Stiefel erreichte.

„Sorry“, ergänzte Anne. „Ich wollte dich nicht runterziehen. Das war wirklich ein schöner Abend. Ein sehr schöner Abend. Und ich freue mich für dich wegen Leonie.“

Er blickte wieder auf, lächelte glücklich. Sie schauten sich für einen Moment verbunden an.

„Sollen wir schwimmen gehen?“, fragte Ron.

„Bist du wahnsinnig?“

„Nein, ich hab’ Bock! Das wird guttun. Danach schläfst du wie ein Baby.“

Er zog bereits seinen Armeepullover über den Kopf. Anne musste lachen. Sie wusste, dass er es ernst meinte. Aber sie konnte sich beim besten Willen nicht vorstellen, bei der Kälte ins Meer zu springen.

„Komm!“, rief er, während er aus den Stiefeln schlüpfte.

„Nein“, sagte Anne bestimmt. „Aber mach du ruhig. Ich lache dich aus, wenn du bibbernd aus dem Wasser kommst.“

Er lachte laut und zog seine Hose herunter. Gleich in einem Ruck mit der Unterhose. Damit hatte Anne nicht gerechnet. Sie konnte gar nicht anders, als seinen stolzen Penis zu betrachten. Ron war es egal. Er war jetzt nackt und stürzte sich mit baumelndem Gemächt und einem Urschrei ins Meer. Es war ein Bild für die Götter, wie er durch den Sand immer tiefer ins Wasser rannte und watete. Anne konnte sich bald nicht mehr einkriegen vor Lachen, besonders, als er eintauchte, Brunftlaute ausstoßend umhertobte und danach lachend wieder zurückgerannt kam. Das Wasser tropfte ihm vom Bart. Er spritzte Anne nass, die kreischend die Flucht ergriff. Als sie zurückblickte, stand er im Mondlicht am Strand. Seine Silhouette erinnerte an den leibhaftigen Neptun.

„Von wegen bibbernd!“, rief er. „*Jetzt* ist mir richtig warm.“
Er raffte seine Sachen zusammen, stieg zumindest in die Hose und kam dann wieder zu Anne.

„Das solltest du wirklich auch mal machen“, sagte er, als er bei ihr ankam.

Anne lachte.

„Ich bin noch nicht so weit“, antwortete sie.

Ron nickte. Er verstand sie.

Als Anne wenig später beseelt von diesem Abend in den Wohnwagen kam, saß der Drache hellwach auf seinen Hinterbeinen in der Ecke. Anne fiel erst jetzt auf, dass sie ihn den ganzen Abend über nicht gesehen hatte. Er wirkte angegriffen, vielleicht sogar etwas geschrumpft. Doch er lächelte sie so charmant an, wie er nur konnte.

„Darling, dasss war unvorsichtig. Wer weisss, wasss du dir da draußen allesss eingefangen hast.“

Er seufzte, als ob er es mit einem übermütigem Kind zu tun hätte, dem man nicht böse sein konnte.

„Und mal ehrlich: Ist esss so klug, sich mit diesem Grasdackel anzufreunden? Willst du, dasss er in Berlin ständig ‚vorbeischaut‘? Männer, zu denen man nett ist, machen so etwasss. Ein klein wenig mehr Distanz täte …“

„Ja, ja“, unterbrach Anne den Drachen genervt. „Ich geh noch mal duschen.“

Sie nahm ihre Sachen, spürte den Trotz in jedem Handgriff. Der Drache lächelte dennoch zufrieden.

„Fieber messen nicht vergessen,“ fügte er hinzu, bevor sie den Wohnwagen verlassen konnte.

Anne stöhnte auf. Sie kehrte noch einmal um und nahm auch das Thermometer. Dann ging sie zu den Duschen.

15

Die Fähre von Villa San Giovanni an der Spitze des Stiefels hinüber zum sizilianischen Messina hätte ein Problem werden können. Doch dank Leonie war es das nicht. Dank des Freifahrtscheins, den sie den Polizisten bei Piacenza abgeluchst hatte. Aber auch dank ihres Verhandlungsgeschicks im Hafen.

Als sie gegen Mittag mit dem Land Rover bei der Fährstation ankamen, schlug ihnen zunächst Ablehnung entgegen. Das Auto hatte mit Anhänger angeblich nicht die richtigen Maße, was nicht stimmte. Dann hieß es, es gäbe keinen Platz auf der nächsten Fähre, dabei war deutlich zu sehen, dass nicht besonders viele Autos übersetzen wollten. Bald war klar: Die Mitarbeiter hatten ein grundsätzliches Problem mit Anne, Ron und Leonie. Es war offensichtlich, dass das deutsche Gefährt aus dem Norden kam. In der letzten Woche hatten zahlreiche Norditaliener bei Ankündigung des Lockdowns geradezu panisch die Flucht in Richtung Süden ergriffen. Die reichen Mailänder waren in ihre Ferienhäuser in Kalabrien oder auf Sizilien gefahren, obwohl es eigentlich genau darum gegangen war, diese Art von Bewegungen zu verhindern. Denn einige von ihnen brachten das Virus mit sich. In wenigen Tagen war die Zahl der Infizierten auf Sizilien sprunghaft angestiegen. Man fürchtete ähnliche Verhältnisse wie im Norden, und das bei einer deutlich schlechteren medizinischen Versorgung. Natürlich hatte das deutsche Trio das Papier von der Polizei, also konnte man sie nicht von selbiger aufgreifen lassen. Aber das Papier hatte einen Stempel aus der Zona Rossa. Sie waren dort gewesen. Die Skepsis war groß. Es bedurfte des ganzen Mädchencharmes von Leonie und viel lautes Lachen von Ron, bis man ihnen glaubte, dass sie nirgendwo angehalten hatten und ganz sicher gesund waren.

Letztendlich bekamen sie Tickets. Nach einer Fiebermessung – für Anne war es die vierte Runde an diesem Tage – durften sie auf die Fähre fahren. Anne blieb auf Anraten des Drachens während der gut halbstündigen Überfahrt im Land Rover sitzen, was in diesen Zeiten ausnahmsweise möglich war. Sie desinfizierte den kompletten Innenraum, während Ron und Leonie „das Schiff erkundeten". Leonie wunderte sich hinterher über den Geruch, aber Ron erklärte ihr, dass regelmäßige Desinfektion wichtig sei. Gerade in Italien. Die neuen Töne nahm Anne einfach mal so hin.

Von Messina bis Syrakus waren es noch einmal knapp zwei Stunden. Die Stimmung im Land Rover war so gut wie nie zuvor auf der Fahrt. Sie hatten ihr Ziel vor Augen. Bei strahlendem Sonnenschein und angenehmen Temperaturen fuhren sie auf der Autobahn Richtung Süden, über weite Strecken direkt oberhalb des Meers entlang. An manchen Stellen konnte man auf die etwas tiefer befindliche Bundesstraße schauen, in die touristischen Ortschaften am Meer. Sie passierten Ferienanlagen und Hotels, die allesamt wie ausgestorben wirkten. Läden waren aber in einigen Orten geöffnet, und die Italiener nutzten diese rege. Der Verkehr war ruhig, aber nicht zum Erliegen gekommen wie im Norden. Man sah unten an der Straße am Meer auch Leute bei einem Plausch. Es wirkte weniger wie ein Lockdown, eher wie ein Land in der Mittagspause. Leonie hatte sich selbst zum DJ ernannt und versorgte sie über ihr Handy mit der neuesten Popmusik. Mit Billie Eilish als Vorbild hatte Anne gar nicht so daneben gelegen. Es war auch einiges an Rap dabei, aber man konnte sich auf die Musik einlassen. Ron musste sogar breit lächeln, als seine Tochter in der Reihe hinter ihnen lautstark mitsang und glücklich aufs Meer hinausblickte. Es fühlte sich für einen Moment wie Urlaub an. Anne legte auf dem Beifahrersitz die Füße hoch.

Auf Rons Bitte hin verteilte Leonie irgendwann Möhren und Rhabarber aus den Kisten unter ihrer Sitzreihe. Ron erzählte von seinem Anbau und dem Gewächshaus, während Vater und Tochter krachend das Gemüse kauten. Schließlich kletterte das Mädchen sogar eine Reihe weiter nach hinten, wo sie Kartoffeln fand und allerlei andere Nahrungsmittel. Anne konnte nur darüber rätseln, wann Ron das alles zubereiten und essen wollte. Aber er war definitiv gut vorbereitet. So gut, dass Leonie aus der zweiten Reihe irgendwann mit einem „Wow! Dein Ernst, Papa?!“ zu hören war.

„Leg das wieder zurück!“, sagte Ron in einem ungewöhnlichen scharfen Tonfall, als er über den Rückspiegel gesehen hatte, was sie hochhielt.

Auch Anne blickte nach hinten und sah in Leonies Hand eine stattliche Armbrust. Sie hatte einen Teil der hinteren Sitzbank geöffnet und die Waffe darin gefunden.

„Ist das legal?“

„Leonie!“

„Ich will doch nur gucken.“

Sie betrachtete die Armbrust, die sie mit zwei Händen halten musste. Das Gerät sah aus, als hätte man einen Bogen auf einen Gewehrlauf montiert. Hochmodern, schwarzer Kunststoff.

„Das ist eine gefährliche Waffe“, ermahnte Ron seine Tochter.

Anne konnte sich die naheliegende Frage nicht verkneifen: „Wieso hast du eine gefährliche Waffe dabei?“

„Sie ist nur für Laien gefährlich“, beschwichtigte Ron schnell. „In Deutschland ist es völlig legal, über achtzehn eine zu besitzen.“

„Und in Italien?“, fragte Anne.

„Das … mh … weiß ich nicht. Deswegen liegt sie ja auch in meinem Versteck. Wie hast du das überhaupt aufbekommen?“

Der letzte Satz richtete sich in all seiner Verärgerung an Leonie. Sie hatte die Armbrust wieder zurückgelegt, betrachtete sie aber noch.

„Na, *so* krass versteckt ist die jetzt hier auch nicht.“

Ron seufzte.

„Aber jetzt mal ehrlich, Papa: Warum hast du die dabei? Glaubst du, dass die Coronatoten wieder auferstehen und zu Zombies werden?“

Sie grinste. Auch Anne hatte genügend Folgen von *The Walking Dead* gesehen, um zu wissen, worauf sie sich bezog.

„Es ist immer gut, etwas zur Verteidigung dabeizuhaben“, verteidigte Ron sich. „Armbrüste sind legal, lautlos, man kann sich zur Not Bolzen selbst bauen …“

„Und sie sind tödlich“, unterbrach Leonie nicht ohne Spott in der Stimme. „Bei Zombies aber nur, wenn man den Kopf trifft.“

Leonie imitierte einen Schuss, gefolgt von dem Geräusch, wenn ein Gehirn explodierte. Ron sagte nichts mehr. Immerhin schloss Leonie das Geheimfach wieder und kletterte dann eine Reihe nach vorn. Sie legte ihre Ellbogen auf die Sitze von Ron und Anne.

„Papa?“

„Ja.“

„Mama denkt ja, du bist irgendwo falsch abgebogen. Also geistig, ja? Dass du nur noch Angst vorm Ende der Welt hast und die Regierung stürzen willst und so. Ich hab' mir dich echt immer mehr wie so einen Typen vorgestellt, der im Dunkeln sitzt und Alufolie um den Kopf gewickelt hat. Aber … bist ja nicht so."

„Das nehme ich mal als Kompliment", sagte Ron.

„Ja, aber … wie ernst ist denn das für dich? Ende der Welt und so?"

Auch Anne interessierte diese Frage. Sie wusste, dass Ron ihr auf diese Frage nicht unbedingt die Wahrheit gesagt hätte, aber bei seiner Tochter konnte er nicht anders. Er zögerte noch, blickte aufs Meer, als ob dort die Antwort läge.

„Ich weiß, dass wir nicht kurz vor dem Ende der Welt stehen", sagte er schließlich. „Selbst jetzt, mit dieser Pandemie … Die Regierungen werden schon dafür sorgen, dass nicht *alles* zusammenbricht. Und sie planen auch keine Gedankenkontrolle oder was auch immer. Ich weiß das rational. Aber es fühlt sich trotzdem gut an, auf alles vorbereitet zu sein. Es gibt mir … ein wenig Kontrolle über meine kleine Welt."

Er lächelte Anne unsicher an. So, als ob er wüsste, dass sie ihn verstand. Denn genau dasselbe hätte sie jederzeit über sich und den Drachen sagen können. Sie wusste, dass ihre Putzrituale übertrieben waren. Sie hatten schließlich oft genug bei Frau Kabongo darüber gesprochen. Trotzdem brauchte Anne die Rituale. Der Anschein von Kontrolle half ihr durch den Tag.

„Hast du Angst?", fragte Leonie mit fast erwachsener Stimme.

„Nicht um mich."

„Sondern?"

„Um dich."

Er blickte nach hinten und lächelte Leonie an. Die Antwort überraschte sie, auch wenn Anne keine Sekunde gezweifelt hatte, dass Ron das sagen würde. Das Mädchen blickte kurz verlegen zu Boden, setzte dann aber gleich wieder ein Grinsen auf.

„Also, wenn mich jetzt so ein Coronazombie angreifen würde, dann würdest du den ohne mit den Wimpern zu zucken mit dem Ding da hinten wegpusten, ja?"

„Ich würde alles für dich tun, Leo."

Leonie freute sich. Sie lehnte sich zufrieden auf ihrer Bank zurück, blickte aus dem Fenster. Für einen Moment hörten sie nur den Motor und den Fahrtwind.

„Aber du kennst *The Walking Dead*?", hakte Leonie plötzlich nach.

„Der Typ mit der Armbrust war meine Lieblingsfigur. Ja, verdammt, ich habe sie mir seinetwegen gekauft."

Leonie lachte. Auch Anne musste schmunzeln. Sie entdeckte ein Schild am Straßenrand. Es waren noch gut hundert Kilometer bis Syrakus. Für einen Moment wünschte Anne sich, dass sie nie ankommen würden. Aber auch nur für einen kurzen Moment.

16

Das Ferienhaus von Annes Vater und Monika lag in einer kleinen Siedlung am Meer etwas südlich von Syrakus. Es war kurz vor sechzehn Uhr, als das Navigationsgerät des Land Rovers verkündete, dass sie ihr Ziel erreicht hatten.

Das ockerfarbene zweistöckige Haus mit dem roten Ziegeldach stand in der zweiten Reihe, keine hundert Meter von einer großen Meeresbucht entfernt. Es war zur Hälfte mit Bougainvillea überwachsen, die bereits in einem zarten Rot blühten. Nach vorn ging in der oberen Etage eine geräumige Terrasse ab, von der man aufs Meer schauen konnte. Als Anne aus dem Wagen stieg, sah sie dort ihren Vater sitzen. Er las die Zeitung. Ein Bild, das sie seit ihrer frühen Kindheit mit ihm verband. Sie fühlte sich wie damals. Papa nicht stören. Das mochte er nicht.

„Hallo!“, rief jemand. „Rainer! Sie sind schon da.“

Monika war auf der Terrasse erschienen. Sie hatte das Auto gehört und stand nun an der Brüstung, um ihnen zu winken. Monika war trotz ihrer achtundsechzig Jahre noch sehr fit, drahtiger Körper, kurz geschnittene graue Haare. Mit ihrem durchdringenden Blick erinnerte sie Anne manchmal an Judi Dench. Sie trug ein luftiges Leinenkleid, mit dem sie als Aristokratin durchgehen würde. Papa hingegen trug dieselbe Kombi wie schon seit Jahrzehnten: Jeans und ein flattriges Hemd mit kurzen Ärmeln. Es kaschierte nur wenig, wie dürr er war. Als er sich von seinem Stuhl erhob, um ihnen ebenfalls zu winken, hatte Anne Sorge, dass er von der Terrasse geweht werden würde. Er hatte volles graues Haar, dadurch fast dieselbe Frisur wie Monika. Seine rosa Haut passte zwar gut zu den Bougainvillea an der Hauswand, aber Anne wusste, dass sie ein Ausdruck seines Leidens war. *Pink Puffer* nannte man diese Form seiner Lungenkrankheit. Durch das Emphysem litt er regelmäßig unter Atemnot und trockenem Husten. Beides führte dazu, dass sein Körper viel arbeiten musste und er in den letzten Jahren enorm an Gewicht verloren hatte. Er wäre längst unterernährt im Krankenhaus gelandet, wenn Monika nicht mit kalorienreicher Ernährung auf ihn achten würde. Er winkte kurz und ging dann ins Haus. Anne hätte es nicht gewundert, wenn er sich drinnen vor den Fernseher gesetzt hätte, weil ihre Ankunft ihn nicht weiter interessierte. Doch schon wenig später erschien er hinter Monika in der Haustür. Seine Freundin nahm ihren Sohn in den Arm und drückte auch Anne kurz, obwohl sich deren ganzer Körper versteifte. Bei ihrem Vater bestand immerhin keine Gefahr, dass er das tun würde. Er nickte Anne nur zu. Bevor sie etwas sagen konnte, entdeckte er Leonie, die in ihrem neuen, bunten Sweater wie ein Farbklecks in der Landschaft wirkte.

„Wen habt ihr denn da mitgebracht?“

Er ging auf sie zu, seit jeher war er von jungen Leuten angetan.

„Das ist Rons Tochter“, erklärte Anne. „Wir sollten vielleicht alle ein bisschen Abstand voneinander …“

Zu spät. Papa schüttelte bereits Leonies Hand.

„Ich bin der Rainer“, sagte er freundlich.

Doch dann musste er husten. Der bellende, trockene Husten war Anne nur zu vertraut und ließ Leonie auf Distanz gehen.

„Leonie?“, entfuhr es Monika derweil ungläubig. „Meine Güte, bist du groß geworden. Wieso bist du denn dabei?“

Sie schaute Ron baff an.

„Ist eine lange Geschichte“, sagte der nur.

Leonie grüßte alle freundlich. Während sie sich ausgiebig von Monika betrachten lassen musste, rang Anne um die Aufmerksamkeit ihres Vaters, dessen kleiner Hustenanfall schon wieder vorbei war.

„Wie geht es euch denn?“, fragte sie ihn.

„Bestens“, kam es zurück.

Er schaute sie nicht weiter an, dafür aber den Land Rover samt Anhänger.

„Schick. Damit fahren wir?“

Er blickte zu Ron, der nickte.

„Ja“, antwortete Anne schnell. „Und zwar morgen ganz früh.“

Endlich schaute Papa sie an.

„Wollt ihr euch nicht erst mal ausruhen? Ihr könnt ein paar Tage bleiben. Wir haben Platz für alle.“

„Es werden stetig mehr Infizierte hier in Italien. Außerdem kann es sein, dass sie den Fährverkehr einschränken.“

Das hatte Leonie bei einer Unterhaltung von Mitarbeitern auf der Fähre mitbekommen. Man plante wohl, die Fähre nur noch einmal am Tag fahren zu lassen. Die Deutschen hätten dann sicher keine Priorität bei der Beförderung.

„Wir dürfen keine Zeit verlieren“, insistierte Anne.

„Ach, Mäuschen. Nicht so dramatisch, hm?“

Er blinzelte ihr zu, ging zu dem Anhänger und blickte durch das Fenster hinein. Ron folgte ihm und antwortete auf seine Fragen zu dem Gefährt. Anne stand verloren da.

„Und für den riskierst du dein Leben, Darling?“

Der Drache strich um Annes Beine und machte seine Abneigung gegen Papa einmal mehr deutlich.

„Kein Dankeschön! Kein ‚Wie geht'sss euch?' Und das wilde Kind aus dem Schwarzwald ist interessanter als die eigene Tochter."

Er deutete auf Leonie, die Papa nun gemeinsam mit Monika zu sich winkte.

„Sieht der drinnen auch aus wie ein Panzer?", fragte er Ron und öffnete die Tür.

„Stopp", rief Ron und hechtete dazwischen. „Das ist Annes Reich. Wir gehen da nicht rein …"

Papa schaute Ron erstaunt an. Monika ging einfach an ihm vorbei mit einem „Sei nicht albern, Ron. Was soll Anne denn dagegen haben?"

„Man könnte Anne ja mal fragen", zischte der Drache.

Er wurde genauso überhört wie Rons Protest seiner Mutter gegenüber. Papa folgte Monika in den Wohnwagen. Anne sah Rons Augenlider flattern. Sie erinnerte sich an das Abendessen bei Papa, wo ihr bereits aufgefallen war, dass die Eltern sich in Bezug auf Ignoranz ihren Kindern gegenüber nicht viel schenkten. Annes und Rons Blicke trafen sich.

„Da haben sich zwei gefunden, mh?", sagte er zu ihr.

Anne musste lächeln, denn offensichtlich hatte er denselben Gedanken gehabt wie sie. Er zuckte entschuldigend mit den Schultern und eilte dann ebenfalls in den Anhänger, weil Papa bereits die technischen Spielereien im Innenbereich ausprobierte.

Während Anne auf das Ende der kleinen Führung wartete, röhrte neben ihr ein Moped auf. Ein junger Italiener stoppte mit der Vespa vor dem Nachbarhaus. Er hatte Einkaufstüten am Lenker hängen und eine Kiste mit Töpfen im Fußraum abgestellt, weswegen sein Manöver beim Absteigen abenteuerlich wirkte. Aber er meisterte es problemlos. Neugierig schaute der Junge mit den krausen schwarzen Haaren und den funkelnden Augen zu ihnen herüber, während er das Moped abstellte und die Einkäufe zusammenraffte. Anne sah sofort, dass er sich vor allem für Leonie interessierte, die neben dem Wohnwagen stand. Das Mädchen hatte den hübschen Kerl zwar längst gesehen, machte aber auf cool. Er trug die Sachen zur Haustür des Nachbarhauses und stellte sie dort ab. In dem Moment kamen die anderen aus dem Anhänger. Monika entdeckte den Jungen.

„Matteo!", rief sie. „Bongiorno."

„Bongiorno, Signora Krause. Signor Wolf."

Er nickte auch Annes Vater zu, der dies mit einem kurzen Winken erwiderte. Auf Englisch fragte Monika nach, wie es Matteos Großmutter ginge. Seines Wissens nach ging es ihr gut. Während der Junge näher kam, stellte Monika ihn als Enkel ihrer Nachbarn vor.

„Dasss sind die Vermieter", zischte der Drache erschrocken. „Der infizierte Opa."

Doch das hinderte Matteo nicht daran, ihnen die Hand zu reichen. Ron schüttelte sie freundlich. Anne trat einen Schritt zurück, was Matteo sofort respektierte. Er war mit seinen Augen sowieso schon bei Leonie, die cool die gereichte Hand nahm. Sie wurde von Monika vorgestellt und bekam ein besonders freundliches Lächeln von dem jungen Mann, der höchstens ein Jahr älter war als sie. Er sagte etwas Charmantes auf Italienisch. Oder vielleicht war es doch nicht charmant, denn als Leonie auf Italienisch antwortete, musste er ertappt lachen und mehrfach „Scusa!" rufen.

„Was hat er gesagt?", raunte Ron hinter Anne.

Er beobachtete die Begegnung der beiden jungen Leute noch kritischer als Anne. Ihm ging es dabei allerdings nicht um die Ansteckungsgefahr.

„Er hat sich über meinen Sweater lustig gemacht", antwortete Leonie schmunzelnd.

Anne wusste, dass Leonie den Sweater selbst furchtbar fand und ihn „ironisch" trug.

„Ich hab' ihm erklärt, dass ich mich nur der lokalen Mode angepasst habe."

Sie hatte sichtlich Spaß daran, ihn für seinen frechen Kommentar zu strafen. Und er hatte sichtlich Spaß daran, um Vergebung zu bitten und mit besonders vielen Komplimenten seinen Fehltritt auszugleichen. Bald lachten die beiden auf Italienisch miteinander, während die Erwachsenen überflüssig danebenstanden.

„Gut", sagte Ron. „Dann bringen wir mal unsere Sachen rein. Leonie! Kannst du die Kühltasche nehmen?"

Sein Versuch, den offensichtlichen Flirt zu unterbrechen, ging nach hinten los. Natürlich ließ Matteo Leonie nichts tragen, sondern übernahm es selbst, die Kühltasche ins Ferienhaus zu bringen, während Ron seinen Koffer auslud. Annes Versuche, den Enkel eines Infizierten am Betreten des Hauses zu hindern, scheiterten schnell. Monika winkte bei ihren besorgten Nachfragen ab. Der Enkel hatte seinen Opa länger nicht gesehen, war ja nur geschickt worden, um die Großmutter mit Lebensmitteln zu versorgen.

„Wir bleiben hier keine Sekunde länger alsss nötig."

Darin stimmte Anne mit dem Drachen überein. Genau wie er betrat sie nur zögerlich das Haus. Auch wenn Monika sicher eine reinlichere Person war als Annes Vater, konnte sie niemals für die notwendige Sterilität gesorgt haben, die man sich gerade in Italien wünschen würde. Mit einem kranken Vermieter im Nachbarhaus noch dazu. Anne vermied es, etwas anzufassen.

Während Ron und sie eine kurze Führung durch das schlichte, aber geschmackvoll eingerichtete Haus bekamen, stellte Anne zudem fest, dass die beiden älteren Herrschaften noch nicht gepackt hatten. Sie nutzte dies, um noch einmal die Dringlichkeit der baldigen Rückfahrt deutlich zu machen. Außerdem schilderte sie ihren Plan, dass sie so früh wie möglich losfahren wollten, um es in einem Rutsch bis in die Schweiz zu schaffen. Dann würden sie nicht nur die rote Zone umgehen, sondern es am Tag danach auch bis nach Berlin schaffen können. Ihr Vater erklärte den Plan für übertrieben, als er von gut vierzehn Stunden Fahrzeit erfuhr, sogar für unmöglich, doch Ron unterstützte Anne. Sie hatten es auf der Fahrt am Morgen genau durchgerechnet. Wenn sie um sechs Uhr losfuhren, konnten sie eine frühe Fähre bekommen und dann bei dem wenigen Verkehr das ganze Land durchfahren. Für längere Pausen anzuhalten, war eh nicht möglich und wurde von Tag zu Tag schwieriger. Sie mussten einfach genügend Proviant vorbereiten, und wenn der jeweilige Beifahrer zwischendurch schlief, würden sie es schaffen können. Als schließlich auch Monika ihrem Sohn zustimmte und mit dem Packen begann, war Papa überstimmt.

„Du machst immer alle verrückt mit deinen Sorgen", sagte er trotzdem zu Anne. „Manchmal glaube ich, deine Mutter steht vor mir."

Er lachte, was in einen weiteren Hustenanfall mündete. Anne wusste, dass er es nicht böse meinte. Es machte sie trotzdem traurig. Ron legte ihr mitfühlend die Hand auf die Schulter.

„Er unterschätzt das", sagte er leise.

Es tat gut. Auch das zugewandte Lächeln von Ron. Der Mann, den sie in Berlin noch als Katastrophe angesehen hatte, war zu ihrem Rückhalt geworden. Doch im nächsten Moment wurde der Rückhalt von seinen eigenen Problemen eingeholt. Leonie tauchte in der großen Wohnküche in der unteren Etage auf und verkündete, dass sie mit Matteo „eine kleine Runde drehen" wollte. Ron klappte das Kinn herunter.

„Es gibt einen Lockdown“, erinnerte er seine Tochter.

„Wir haben doch die Genehmigung von der Polizia“, antwortete Leonie unbedarft.

„Die ist aber nicht dafür gedacht, dass ihr hier mit dem Moped durch die Gegend rast.“

„Papa! Ich war noch nie in Syrakus. Das ist eine der tollsten, antiken Städte.“

„Ihr wollt jetzt Sightseeing machen?“

„Ich bin zum Abendessen wieder da, ja?“

Sie gab ihm ein Küsschen auf die Wange und wollte ohne Antwort aus der Küche eilen. Matteo wartete geduldig im Türrahmen. Doch Ron hielt Leonie fest.

„Du kennst den doch gar nicht.“

Er machte sich auf mehreren Ebenen Sorgen um seine Tochter.

„Der ist okay“, mischte sich Papa ein. „Ein guter Junge. Hilfsbereit, freundlich. Hat uns auch mit Einkäufen versorgt.“

„Siehst du“, sagte Leonie triumphierend.

Ron zog sie zur Seite, sprach leise, aber Anne konnte es mit gespitzten Ohren verstehen.

„Der will aber nicht für dich einkaufen. Ich kenn doch solche Kerle.“

„Solche Kerle?“, fragte Leonie schnippisch. „Italiener? Meinst du, er gehört zur Mafia, oder ist das eher der klassische Vergewaltiger?“

Ron seufzte.

„Das ist nicht lustig.“

„Papa, ich bin alt genug, um auf mich aufzupassen.“

„Lass sie doch!“, rief Annes Vater.

„Um acht essen wir“, ergänzte Monika in Leonies Richtung.

Leonie spürte die Unterstützung der Alten. Sie löste sich demonstrativ aus Rons Griff und ging zu Matteo, in dessen

Nähe sie sofort ein flirtendes Lächeln aufsetzte. Ron stand da und implodierte. Das Paar verschwand nach draußen.

„Bis nachher", hörte man noch von Leonie, dann war sie weg.

Wenig später röhrte die Vespa auf. Das Geräusch entfernte sich schnell.

„Sie ist kein Kind mehr", sagte Monika zu Ron. „Und du solltest sie nicht anders behandeln als einen Jungen in dem Alter. Sonst wird sie zu weich."

Sagte es und ging aus der Küche. Annes Vater dackelte hinterher. Es war nun an Anne, Ron mitfühlend die Hand auf die Schulter zu legen.

17

Es war bereits halb neun, als sie das Röhren der Vespa vor dem Haus hörten. Ron, Monika, Anne und ihr Vater saßen längst zum Essen auf der Dachterrasse. Unter Monikas Führung hatten sie den ganzen Nachmittag gepackt, das Haus gereinigt und haufenweise Proviant für die lange Reise vorbereitet. Mit den restlichen Nahrungsmitteln hatten sie ein Abendessen improvisiert, das kaum üppiger hätte ausfallen können. Antipasti jeglicher Art, frisches Brot, Salate und ein Topf Nudeln mit einer leckeren Thunfischsoße. Es gab sogar guten Wein. Anne konnte sich dennoch nicht entspannen. Das ständige Husten ihres Vaters machte sie wahnsinnig. Es war eine doppelte Erinnerung daran, wie gefährdet er angesichts von Corona war, aber auch daran, wie einfach sich das Virus übertragen konnte. Auch wenn Monika ihm beigebracht hatte, in seine Ellenbeuge zu husten, kam der Drache gar nicht mehr nach mit Warnungen, wo überall auf dem Essen sich Viren befinden könnten. Anne war bald der Appetit vergangen. Hinzu kam der Ärger, weil sie beim Aufräumen am Nachmittag Papas versteckte Zigarettenpackung gefunden hatte. Ausgerechnet Anne. Papa hatte sich mit Witzen über ihren Spürsinn aus der Situation gerettet. Davon geredet, dass er wirklich nur ganz, ganz selten eine ansteckte. Trotzdem war Anne einmal mehr klar geworden, dass das alles für ihn ein Witz war. Ihre ganze Rettungsreise. Ihr graute mehr als sowieso schon vor dem nächsten Tag, an dem sie sich vierzehn Stunden lang seine Bemerkungen zu ihrer übertriebenen Sorge anhören musste, während er nichts ernst nahm. Er hatte bereits gefragt, ob sie zum Abendessen nicht einen kleinen Zwischenstopp in der Altstadt von Modena machen könnten, weil sie dort ein wunderbares Restaurant von ihrer letzten Italienreise kannten. Anne sehnte ihre Rückkehr nach Berlin mehr denn je herbei.

Leider war Ron keine Hilfe mehr. Seine Anspannung war während des Essens minütlich angewachsen. Er hatte bereits mehrfach darauf hingewiesen, dass Leonie zu spät war. Den ganzen Nachmittag hatte er an Matteo herumgemäkelt und dabei eine Menge Vorurteile offenbart. In seinen Augen hatte der Italiener nichts anderes im Kopf, als die unschuldige Leonie zu verführen. Man wusste ja schließlich, wie hoch im Rang deutsche Frauen bei solchen Kerlen standen und wie stolz sie auf ihre Verführungskünste waren. Auch als sie nun Leonies Lachen vor dem Haus hörten, war er nicht erleichtert, sondern beschwerte sich ein weiteres Mal über Leonies späte Rückkehr. Anne sagte nichts dazu, steckte einen weiteren Löffel der sizilianischen Caponata in den Mund, die sie sich schon zu Beginn des Essens weit von ihrem Vater entfernt gesichert hatte.

Als Leonie mit zerzaustem Haar in der Terrassentür erschien, wirkte das Mädchen alles andere als geschändet. Sie war glücklich und bestens gelaunt. Auch Matteo kam hoch und entschuldigte sich auf Englisch für die Verspätung. Es war seine Schuld, weil er sich auf dem Rückweg von Syrakus verfahren hatte. Anne glaubte ihm kein Wort, aber es war trotzdem charmant. Bevor Ron etwas sagen konnte, winkte Monika die beiden an den Tisch. Matteo sollte mit ihnen essen.

„Es ist mehr als genug da."

Leonie gab ihrem Vater einen freudigen Kuss auf die Wange und setzte sich, von Syrakus schwärmend, zu ihm. Damit verpuffte Rons angestaute Wut. Einer glücklichen Tochter konnte er unmöglich seine negativen Gefühle entgegensetzen. Monika erwies sich zusätzlich als geschickte Moderatorin und lieferte den jungen Leuten mehrere Vorlagen, damit sie von ihrer pädagogisch wertvollen und sicher ganz züchtigen Fahrt über die Insel berichten konnten. Anne beobachtete die Blicke der Kids. Verzückung, Freude über die Anwesenheit des anderen. Da hatten sich wirklich zwei gefunden. Wenn es auch nichts von Bestand war, gönnte Anne es Leonie.

Als alle pappsatt waren und der Wein geleert, war die Stimmung zwischen Ron und Leonie schon fast versöhnlich. Doch es brauchte nicht viel, um sie wieder zu kippen.

„Matteo will mir noch etwas zeigen", verkündete Leonie nebenbei. „Er bringt mich in 'ner Stunde oder so zurück."

„Du willst noch mal weg?", fragte Ron entgeistert.

„Ist doch noch früh."

„Wir fahren morgen um sechs los."

„Kein Problem, Papa."

Sie klimperte mit ihren Mädchenaugen. Es funktionierte nicht.

„Doch! Das ist ein Problem. Du warst eben schon zu spät, und ich habe keine Lust, dass wir morgen auf dich warten müssen."

„Papa!"

„Du bleibst hier! Und Matteo kann jetzt gehen. ... Buona Notte!"

Das letzte sagte er vergleichsweise harsch zu dem Jungen. Der verstand nicht, was los war. Oder er tat zumindest so, guckte Leonie fragend an. Die fixierte ihren Vater mit ernstem Blick.

„Jetzt wirst du aber ätzend."

„Ich glaub, du verstehst den Ernst der Lage nicht", fuhr Ron sie an. „Wir müssen raus aus Italien. Morgen. Dafür dürfen wir keine Minute verlieren."

„Das ist doch eh ein bescheuerter Plan", motzte Leonie. „Vierzehn Stunden am Stück fahren. Nur weil sie so hysterisch ist."

Sie deutete auf Anne, ohne sie anzuschauen. Der schoss das Adrenalin durch den Körper.

„Leonie! Kein Wort mehr."

„Ist doch wahr. Und wie willst *du* das überhaupt durchhalten? Du pennst doch am Steuer ein."

„Leonie!"

„Was denn? Wissen die, dass du uns beinahe alle umgebracht hättest?"

Ron klappte das Kinn herunter. Das hatte ihn eiskalt erwischt. Doch Leonie zog den Ärmel ihres bunten Sweaters hoch, um eine Narbe am Unterarm in die Runde zu zeigen.

„Als ich klein war, ist er am Steuer eingeschlafen. Wir sind in einen Graben gerast. Hier! Doppelter Armbruch! Und Mama …"

„Leonie, das reicht jetzt", ging Ron dazwischen. „Was ist denn mit dir los?"

Er war aufgesprungen, packte Matteo buchstäblich am Kragen.

„Du gehst! Ciao! Arrivederci!"

Ron war plötzlich ganz außer sich, schleifte den armen Matteo mit der einen Hand zur Tür, während er mit der anderen Leonie festhielt. Sie hatten keine Chance gegen den kräftigen Mann. Auch Monikas ermahnende Worte halfen nicht.

„Wir wollen dich hier nicht mehr sehen!", schrie er Matteo auf Deutsch an. „Go! Go home!"

Der Junge war perplex, blieb aber verhältnismäßig ruhig und entfernte sich langsam mit beschwichtigenden Gesten. Leonie schrie ihren Vater an, dass er sie loslassen sollte, doch das tat er nicht. Bevor Matteo auf den Treppen nach unten verschwand, rief das Mädchen ihm noch etwas auf Italienisch hinterher.

„Sei still!“, ging Ron dazwischen.

Er platzierte sie mit Nachdruck zurück auf ihrem Stuhl am Esstisch. Leonie verstummte und blieb mit verschränkten Armen trotzig sitzen.

„Du bist ja noch schlimmer als Mama“, schleuderte sie ihrem Vater voller Verachtung dann doch noch an den Kopf. „Ich versteh jetzt, warum sie dich hasst.“

„Ruhe jetzt!“, fuhr Ron sie noch einmal an. „Ich will nichts mehr von dir hören.“

Endlich herrschte Stille. Alle schauten sich betroffen an. Man hörte nur das Röhren der Vespa, während sie sich vom Haus entfernte. Ron atmete tief durch.

„Langsam wird der Mann mir wirklich sympathisch“, raunte der Drache unter dem Tisch.

18

Anne schlief auch in dieser Nacht im Wohnwagen. Monika hatte es zunächst nicht nachvollziehen können, weil es im Haus neben einem zweiten Schlafzimmer auch ein Bett und ein Schlafsofa im Wohnzimmer gab. Ron hatte jedoch bereits am Nachmittag darauf bestanden, dass Leonie ein eigenes Zimmer bekam und er das Wohnzimmer für sich hatte, sodass Anne im Wohnwagen besser aufgehoben war. Anne wusste, dass er ihr zuliebe so argumentiert hatte. Abends hatte es den Nebeneffekt, dass Ron die renitente Leonie frühzeitig auf „ihr Zimmer" schicken konnte. Unter bösen Flüchen war das Mädchen der Anweisung gefolgt und hatte sich eingeschlossen.

Anne war es recht. Sie war zwar wie alle über Rons Ausbruch erschrocken, konnte ihn aber in der Sache verstehen. Der nächste Tag war einfach zu wichtig. Im Wohnwagen kam Anne langsam zur Ruhe. Sie hatte alles ausgiebig desinfiziert und danach eine halbstündige Dusche im Haus genommen. Es war fast wie zu Hause. Endlich fühlte sie sich nach diesem langen Tag wieder sicher. Gerade, als sie sich ins Bett legen wollte, fiel ihr Blick durch das kleine Fenster im Wohnwagen auf die Bougainvillea. Hatte sie dort einen Schatten gesehen? Sie stand auf und ging näher ans Fenster. Tatsächlich! Jemand kletterte die Wand hinunter. Aus einem Fenster im ersten Stock. Leonie. Das Mädchen sprang in Jeans und Sweater auf den Gehweg und schlich vom Haus weg. Wenig überraschend trat Matteo hinter einem Baum hervor, mit zwei Motorradhelmen in der Hand.

„Diese Nulpe!“, rief der Drache, der sich neben Anne am Fenster aufgebaut hatte. „Du musst sie stoppen.“

Leonie ging buchstäblich auf Zehenspitzen zu dem Baum, unter dem Matteo ihr die Hand reichte. Anne konnte spüren, wie aufregend dieses heimliche Treffen für Leonie war, doch leider gefährdete es ihren gesamten Plan.

„Losss!“

Anne sprang auf und eilte aus dem Wohnwagen. Barfuß und in ihrem Schlafoutfit flitzte sie über die staubigen Wege. Das Pärchen huschte zur Straße, wo Matteos Vespa in angemessener Entfernung vom Haus geparkt stand. Kurz bevor die beiden das Gefährt erreichten, war Anne bei ihnen.

„Stopp!“, rief sie.

Leonie erschrak, schaute hinter Anne, weil sie dort ihren Vater befürchtete. Dass sie ihn nicht sah, gab ihr Selbstbewusstsein.

„Lass mich in Ruhe!“

Sie blickte Matteo auffordernd an, der seinerseits zögerte, und zog den Helm über.

„Du spielst mit dem Leben von uns allen“, ermahnte Anne sie.

„Jetzt komm mal runter. Ich werde morgen um sechs Uhr abfahrbereit sein. Okay? Das ist es doch, was du willst. Alles andere geht dich nichts an.“

Sie schwang sich hinter Matteo auf die Vespa. Er startete das Moped. Anne war für einen Moment verunsichert, denn ganz unrecht hatte Leonie nicht. Sie sah Annes Zögern, blickte sie im Licht der Straßenlaterne geradezu freundschaftlich an.

„Vertrau mir einfach!“

Sie klopfte Matteo auf die Schulter. Er gab vorsichtig Gas. Die Vespa rollte davon.

„Wasss?“, fauchte der Drachen. „Du lässt diese ungezogene Schlumpfine fahren?“

„Was soll ich machen? Sie festketten?“

„Fahr hinterher!“, rief er. „Du musst herausfinden, wohin sie fahren. Sie wird niemalsss um sechsss hier sein.“

Anne schaute Leonie überfordert nach. Die Vespa rollte langsam ohne Licht die Straße entlang, sodass man sie kaum hören konnte. In der nächtlichen Stille wollte das Pärchen nicht noch mehr auf sich aufmerksam machen. Anne blickte zurück zum Land Rover. Der Drache redete immer weiter auf sie ein.

„Sie wird nicht da sein. Wir werden die Fähre nicht schaffen. Wir werden gar keine Fähre schaffen. Dann hängen wir hier fest in diesem Land. Für Wochen. Die Infektionen auf Sizilien werden steigen, genau wie in der roten Zone. Italien geht unter. Esss ist nur eine Frage der Zeit, bisss du das Virusss bekommst. Du wirst sterben, Anne. Aber du kannst esss verhindern. Jetzt!“

Anne rannte los. Ron hatte ihr den Zweitschlüssel für den Land Rover gegeben, falls sie etwas daraus benötigte. Er lag drinnen neben der Wohnwagentür. Anne schnappte ihn sich, schloss den Wohnwagen und rannte zum Land Rover. Ron hatte den Wohnwagen abgekuppelt, um beide Gefährte besser in der kleinen Straße unterzubringen. Der Drache konnte gerade noch auf den Sitz hinter Anne kriechen, als sie schon mit dem Geländewagen losbretterte. Ein Schmerz durchfuhr sie, weil sie barfuß auf die Pedale trat, doch sie wollte auf keinen Fall den Anschluss an die beiden jungen Leute verlieren. Als sie zur Straße kam, sah sie das Moped nicht mehr. Anne fluchte.

„Da!“, rief der Drache.

Anne entdeckte den einzelnen Scheinwerfer auf der nahegelegenen Dorfstraße. Sie trat aufs Gas und konnte schon bald die Silhouetten auf dem Moped erkennen. Leonies roter Helm schimmerte im Mondlicht. Die beiden fuhren Richtung Westen, zur Landstraße.

„Wasss machen diese Landplagen?", rief der Drache. „Geheime Partysss?"

Anne schloss immer weiter zu dem Paar auf. Als sie die beiden fast erreicht hatte, bogen sie auf die Landstraße ein, Richtung Süden. Also nicht nach Syrakus, das im Norden lag. Anne musste einen Lastwagen und zwei Autos vorlassen, bevor sie sich im Verkehr hinter Matteo und Leonie einfädeln konnte. Doch auch aus der Ferne konnte sie sehen, wie das Mädchen sich an den Fahrer schmiegte. Ein schönes Bild. Für einen Moment konnte Anne es fühlen, sich an eigene Nächte erinnern, in denen sie sich aufgeregt an den Jungen vor sich gedrückt hatte. Seine Körperwärme gespürt hatte, Verlangen. Anne glaubte nicht, dass die beiden zu einer Party fuhren. Wahrscheinlicher war es, dass sie irgendwo ungestört sein wollten. Anne hätte es dem Mädchen wirklich gerne zugestanden, aber es war nicht die Nacht dafür.

„Wasss, wenn sie einschläft und erst mittagsss erwacht?"

Eins der Autos vor ihnen bog ab, sodass Anne aufrücken konnte. Doch selbst wenn sie an die Vespa rankommen würde, wusste sie nicht, wie sie die beiden stoppen sollte. Sie konnte sich ja nicht mit dem Land Rover vor das Moped setzen, wie die Polizei es am Vortag bei ihr gemacht hatte. Das wäre viel zu gefährlich gewesen. Ein Unfall auf Sizilien würde ihnen gerade noch fehlen. Es blieb ihr nichts anderes übrig, als die beiden bis zu ihrem Ziel zu verfolgen. Dummerweise hatte Anne in ihrer Eile ihr Handy nicht mitgenommen. Sie konnte weder auf einer Karte herausfinden, wo genau sie sich befanden, noch konnte sie Ron zur Hilfe rufen. Aber vielleicht war das gar nicht nötig.

Vielleicht würden die beiden zu Matteo nach Hause fahren. Dort würde Anne ihnen einfach etwas Zeit allein lassen und Leonie dann mitnehmen. Sicherstellen, dass sie zurückkam. Das war doch ein Plan.

Sie waren fast zwanzig Minuten unterwegs. An Feldern entlang, kleinen Waldstücken, manchmal sah Anne links von sich sogar das Meer. Sie fuhren durch eine kleine Siedlung, doch dort stoppte Matteo nicht. Danach kamen wieder Felder, vereinzelte Höfe. Es war stockduster um sie herum. Als plötzlich ein großer Gebäudekomplex am Straßenrand erschien, drosselte die Vespa das Tempo. Hinter einer Mauer bog sie auf einen Parkplatz. Im Dunkeln konnte Anne nicht erkennen, ob die beiden zu dem Gebäudekomplex fuhren, zu dem der Parkplatz gehörte, oder ob der Weg dahinter weiterging. Anne bremste, bog ebenfalls ab und musste mit ansehen, wie die Vespa auf das parkähnliche Gelände fuhr. Durch ein kleines Tor, das mit Sicherheit zu schmal für den Land Rover war.

„Du musst zu Fussss weiter“, rief der Drache. „Schnell!“

Anne stoppte den Wagen am Rand einer Auffahrt, sprang heraus und rannte los. Sie durfte die beiden nicht zu lange aus den Augen lassen. Barfuß sprintete sie durch das kleine Tor in den Park, über einen Hügel auf das große Gebäude zu. Wo befand sie sich hier? Was planten Matteo und Leonie? Das war doch kein Wohngebiet. Sie sah sie nicht mehr, hörte aber die Vespa hinter der nächsten Baumgruppe. Schnell eilte Anne weiter. Als sie hinter den Bäumen hervortrat, konnte sie das etwas tiefer gelegene Gebäude in seiner Gänze sehen. Einige Fenster waren hell erleuchtet, sodass schnell klar war, um was es sich bei dem Komplex handelte: Um ein Krankenhaus.

„Mist“, zischte der Drache.

Anne wurde es mulmig. Ein italienisches Krankenhaus war der letzte Ort, an dem sie in diesen Zeiten sein wollte.

Noch hatte sie genügend Abstand zu dem Gebäude, aber was wollten Leonie und Matteo dort? War es das Krankenhaus, in dem Matteos Opa lag? Wollten sie ihn besuchen? Um diese Uhrzeit?

„Sind die wahnsinnig?", motzte der Drache.

Anne suchte mit ihrem Blick die Wege rund um das Krankenhaus nach der Vespa ab, ging einige Schritte hin und her. Dadurch entdeckte sie das Gefährt an einem gut beleuchteten Seiteneingang, wo noch weitere Mopeds geparkt standen. Leonie und Matteo waren gerade abgestiegen, nahmen die Helme ab. Anne stockte der Atem. Denn es waren nicht Leonie und Matteo, die dort standen. Es waren ein Mann und eine Frau, die Anne noch nie gesehen hatte. Die beiden gingen mit ihren Helmen zu einer Tür, die mit einem Kartenleser gesichert war. Sie hielten ihre Ausweise daran, die sie als medizinisches Personal auswiesen. Ausweise, die Anne nur zu vertraut waren. Sie musste bitter lachen. Sie hatte die ganze Zeit das falsche Pärchen verfolgt. Auf den zweiten Blick sahen sie dem jungen Paar nicht einmal besonders ähnlich. Es war auch keine Vespa, auf der sie gefahren waren. Lediglich der rote Helm der Frau ähnelte dem, den Matteo Leonie mitgebracht hatte.

„Oopssss."

Anne fluchte. Jetzt hatte sie natürlich keine Chance mehr, die beiden zu finden. Sie waren doch nach Syrakus gefahren oder der Himmel wusste, wohin. Und Anne hatte sich selbst um ihren wichtigen Schlaf gebracht. Sie schaute zum Krankenhaus. Sie konnte von ihrer leicht erhöhten Position in die Flure schauen, in einige Krankenzimmer. Der Betrieb lief ruhig, es schienen längst nicht alle Zimmer belegt zu sein. Corona war noch nicht im Süden Italiens angekommen. Anne hatte am Nachmittag gelesen, dass es auf der gesamten Insel erst gut zweihundert gemeldete Fälle gab, in Syrakus gar nur zwanzig. Einer davon war Matteos Opa. Ob er in diesem Krankenhaus lag? Anne entdeckte in einem schwach beleuchteten Raum eine ältere Frau an einer Beatmungsmaschine. Die Maschinen, die in der ganzen Welt händeringend gesucht wurden. Würden die Geräte in ein paar Tagen oder Wochen hier auch nicht mehr ausreichen? Das Personal überfordert oder selbst infiziert sein, wie in der roten Zone? Menschen nicht mehr nur am Virus sterben, sondern aufgrund der mangelnden medizinischen Versorgung? Was machte diese Pandemie aus der Welt? Sie standen ganz am Anfang, viele weit schlechter entwickelte Länder waren noch gar nicht betroffen. Es kam Anne schäbig vor, dass sie sich vor wenigen Tagen noch über die Pandemie gefreut hatte.

Schließlich riss Anne sich los. Ihre Füße froren ein, und sie wollte zurück zum Ferienhaus. Sie würde noch einmal duschen müssen, was ihr noch weniger Zeit zum Schlafen ließ. Ansonsten konnte sie nur hoffen, dass Leonie ihr Versprechen hielt und am Morgen rechtzeitig zurück war. Anne ging durch den Park zurück zur Straße. Aus der Ferne sah sie bereits das Blaulicht. Wie es schien, wurde jemand eingeliefert. Anne zögerte, denn sie wollte nicht einmal in die Nähe eines Krankenwagens kommen. Doch das Licht hielt sich unverändert dort, wohin sie musste. Wobei sich das blaue Licht mit orangefarbenem mischte. Was war dort los? Anne schlich sich vorsichtig durch das Eingangstor, blieb stehen und traute ihren Augen nicht. Sie musste mit ansehen, wie der Land Rover auf einen Abschleppwagen verladen wurde. Ihr Land Rover! Ein Wagen der Polizia stand daneben. Ein Polizist überwachte den Vorgang. Das konnte doch nicht wahr sein. Wie lange war sie denn weg gewesen?

Während sie ungläubig näher ging, erkannte sie, dass sie

den Land Rover direkt in der Einfahrt für die Krankenwagen abgestellt hatte. Und dass es eine Pforte gab, von wo man sie dabei wahrscheinlich sogar beobachtet hatte. Trotzdem widersprach es allem, was sie über die italienische Bürokratie wusste, dass sie mitten in der Nacht so schnell abgeschleppt wurde. Wie konnte man so ein Pech haben? Ein Ruck ging durch Anne. Sie eilte los.

„Stopp!“, rief sie. „Stopp! Das ist mein Auto!“

Sie rief es auf Englisch und bruchstückhaftem Italienisch. Den Fahrer des Abschleppwagens interessierte es nicht. Der Polizist schaute jedoch zu ihr und trat ihr entgegen. Anne stoppte mit gebührendem Abstand vor ihm. Der Mann trug nicht einmal eine Mund-Nasen-Maske. In schlechtem Englisch fragte er sie, ob der Land Rover wirklich ihr Auto war. Sie hielt es erst für einen chauvinistischen Spruch, weil er einer Frau so einen großen Wagen nicht zutraute, doch dann sah Anne, wie er sie von oben bis unten musterte. Barfuß und im Jogginganzug wirkte sie eher wie jemand, der aus dem Krankenhaus getürmt war. Sie konnte nur hoffen, dass man dort keine psychiatrische Abteilung hatte, ansonsten würde sie bei ihrem wirren Gerede bald dort landen. Mühsam riss Anne sich zusammen, während der Land Rover immer weiter auf die Ladefläche des Abschleppwagens gezogen wurde. So unaufgeregt, wie es ging, erklärte Anne, dass der Land Rover ihr gehörte und dass es ihr leidtat, dass sie ihn so blöd geparkt hatte. Zum Beweis zeigte sie sogar den Autoschlüssel mit dem Logo von Land Rover. Der Polizist hob daraufhin die Hand. Der Mann vom Abschleppdienst stoppte den Vorgang. Hoffnung.

Der Polizist fragte sie etwas auf Italienisch. Darin kam das Wort „Infermiera“ vor, von dem Anne mittlerweile sehr genau wusste, dass es „Krankenschwester“ bedeutete. Er wollte wissen, ob sie im Krankenhaus arbeitete. Sie schüttelte sofort vehement den Kopf. Das letzte Mal, als sie das behauptet hatte, war es ihr um die Ohren geflogen.

„No! No!“, rief sie. „Tourist!“

Er legte seine Stirn in Falten.

„Corona?“, fragte er sie.

„No! No! No! Ich bin gesund! Healthy. Sano!“

Auch das Wort hatte sie in den verschiedenen Unterhaltungen von Leonie des Öfteren gehört. Erst, als sie ihm klargemacht hatte, dass sie weder im Krankenhaus arbeitete noch krank war, wurde Anne bewusst, dass es so gut wie unmöglich sein würde, ihm zu erklären, was sie um diese Uhrzeit in diesem Aufzug hier trieb. Man sah ihm deutlich an, dass er es auch nicht verstand. Schließlich zuckte er mit den Schultern.

„Va bene“, sagte er und fuhr auf Englisch fort: „Vierhundert Euro und Sie können Ihr Auto haben.“

Anne traute ihren Ohren nicht. Doch auf Nachfrage bestätigte der Beamte den Betrag. Vierhundert Euro. Falschparken in einer Krankenhausauffahrt hatte seinen Preis, besonders, weil der Abschleppwagen schon da war. Anne schluckte. Den Bock musste sie wohl ausbaden. Allerdings hatte sie kein Geld dabei. Also versuchte sie, dem Mann zu erklären, dass man sie zum Ferienhaus begleiten musste, wo sich ihre Kreditkarte befand. Entweder verstand er es nicht oder es gefiel ihm nicht. Für ihn kam nur eine sofortige Zahlung infrage. Er wollte sie auch nicht mit seinem Handy telefonieren lassen, damit sie Hilfe rufen konnte. Anne wurde zunehmend verzweifelt, erreichte jedoch nichts.

„Kein Geld?“, fragte er noch einmal.

Anne seufzte und schüttelte den Kopf. Der Polizist winkte dem Mann am Abschleppwagen zu, der den Land Rover auch noch das letzte Stück auf die Ladefläche zog. Anne rief „No!“ und wollte den Polizisten am liebsten am

Arm festhalten. Aber dafür hätte sie ihn berühren müssen. Sie vermisste Leonie. Anne flehte, der Mann schüttelte immer wieder den Kopf und reichte Anne einen Zettel. Darauf stand in mehreren Sprachen, wohin sie das Auto bringen würden.

„Buona notte", sagte der Polizist und ging zum Polizeiauto, während auch der Mann vom Abschleppdienst in seinen Wagen stieg. Fassungslos musste Anne mit ansehen, wie der Land Rover davongebracht wurde. Sie hatte sich noch nie so hilf- und kraftlos gefühlt. Sie blickte auf das Papier mit einem schlecht gezeichneten Plan der kleinen Stadt Avola. Die Polizeistation, wo der abgeschleppte Wagen landen würde, war markiert. Daneben stand, dass man erst an der Kasse im Gebäude bezahlen musste, bevor man sein Auto wiederbekam. Eine Kasse, die von zehn bis achtzehn Uhr geöffnet war.

Anne schossen Tränen in die Augen. Sie setzte sich an den Straßenrand und weinte bitterlich. Sie höchstpersönlich hatte es geschafft, die Rückfahrt unmöglich zu machen. Sie würden nicht rechtzeitig loskommen. Vielleicht nicht einmal mehr eine Fähre bekommen, wenn deren Passagen reduziert wurden. Sie würden für ewig auf Sizilien feststecken. Und das alles war ihre Schuld. Diese ganze verdammte Reise war eine Schnapsidee gewesen. Für einen Vater, der es nicht einmal zu schätzen wusste. Während Anne immer mehr im Selbstmitleid versank, hörte sie das Röhren eines Mopeds. Es klang nicht wie die Vespa, sondern wie eine defekte Nähmaschine. Anne blickte auf. Sie brauchte einen Moment, um zu verstehen, was sie sah. Denn auf der Landstraße vor ihr fuhr ein altes, klappriges Moped mit einer massigen Gestalt, die Anne sehr gut kannte.

„Ron?", rief Anne. „Ron!"

Er entdeckte Anne und fuhr direkt auf sie zu. Anne erhob sich von der Bordsteinkante. Sie stand sprachlos da, als ihr Reisegefährte vor ihr stoppte, vom Moped stieg und seinen Helm abzog. Er kam ihr vor wie eine Erscheinung.

„Was machst du hier?“, fragte er.

„Ich hab alles kaputt gemacht.“

Die Tränen schossen ihr erneut in die Augen. Ron seufzte mitfühlend und nahm sie in die Arme. Eine Umarmung, die Anne verdammt viel bedeutete.

19

Als Anne mit der Geschichte über ihre nächtliche Eskapade geendet hatte, musste Ron laut lachen. Anne mochte dieses Lachen mittlerweile. Es war nicht fehl am Platz. Er nahm die Situation ernst. Er wusste, dass sie gleich mehrere Probleme hatten. Aber er sah auch die Absurdität, konnte nicht anders bei der Vorstellung, wie sie barfuß um den Land Rover gekämpft hatte, nachdem sie das falsche Paar über die Insel verfolgt hatte.

„Wir kriegen das wieder hin", sagte er frohen Mutes. „Erst mal müssen wir den Land Rover finden."

Er zog das Empfangsgerät heraus, das er Anne kurz zuvor erklärt hatte. Es sah aus wie ein uraltes Handy und gehörte zu dem Peilsender, den Ron in seinem Land Rover angebracht hatte. Keine moderne Trackingeinrichtung, sondern ein Peilsender, der über Kurzwellen funktionierte, damit er auch ohne SIM-Karte, Satelliten und Strom arbeitete. Für „du weißt schon". Wenn jemand rund um den Weltuntergang Rons Land Rover klauen wollte, konnte er ihn damit wiederfinden. Er hatte im Ferienhaus gehört, dass Anne weggefahren war und sich deswegen mit dem alten Moped der Vermieter auf die Verfolgungstour gemacht. Leider hatte sein altmodischer Peilsender den Nachteil, dass er nur eine beschränkte Reichweite hatte. Auf dem Weg über die Landstraße Richtung Süden hatte Ron den Anschluss verloren und war dann einfach auf gut

Glück weitergefahren. Das er dann ja auch gehabt hatte. Als Ron das Gerät nun einschalten wollte, hielt Anne ihm den Zettel der Polizia hin.

„Ist es damit nicht leichter?"

Ron musste erneut lachen, als er die Karte sah.

„Ja, wahrscheinlich", sagte er.

„Aber die machen erst morgen um zehn auf."

„Wir versuchen es. Wir sind in Italien …"

Rons Optimismus tat gut. Er schaute sich die Karte genauer an.

„Avola", sagte er fast erfreut. „Ich liebe Nero D'Avola. Eine meiner Lieblingstrauben."

„Ich fürchte, für eine Tour in die Weinberge wird die Zeit nicht reichen."

Auch Anne fand langsam ihren Humor wieder. Ron nickte amüsiert. Er reichte Anne seinen Helm und stieg auf das Moped. Er blickte sie auffordernd an.

„Was?", fragte sie ihn, weil sie nicht verstand, wer von ihnen beiden denn jetzt mit dem Moped fahren sollte.

„Steig auf."

Er deutete hinter sich. Anne zögerte. Auch wenn ihr die Umarmung gutgetan hatte, war eine ganze Fahrt mit Körperkontakt doch etwas viel verlangt. Aber was blieb ihr anderes übrig? Weiter im Dunkeln am Straßenrand vor einem Krankenhaus herumsitzen wollte sie auch nicht. Sie legte den Helm an, befestigte das kleine Bändchen am Kinn und setzte sich hinter Ron. Noch einmal durchatmen, dann legte sie vorsichtig die Hände an seine Hüften. Er gab Gas, Anne fiel fast vom Sitz und umklammerte schnell seinen Oberkörper. Während er über den steinigen Straßenrand auf den Asphalt fuhr, presste sie sich so fest an ihn, wie sie konnte. Aber sie hielt sich auch noch fest, als der Untergrund eben wurde, als es nicht mehr ruckelte und sie sicher saß. Denn sie wollte sich festhalten.

Sie stand nicht auf Ron. Er war nicht ihr Typ. Es tat einfach nur gut, seinen Körper zu spüren. Sie hatte seit so vielen Jahren keinen fremden Körper mehr gespürt, dass sie vergessen hatte, wie gut es sich anfühlte. Wie gut es sich gerade dann anfühlte, wenn es einem selbst nicht gut ging. Die Wärme, die Sicherheit, das Pulsieren eines Herzens. Ein anderes Leben. Sie hatte es vermisst, ohne es zu wissen.

Es war nicht weit bis nach Avola. Durch den Fahrtwind froren Annes Füße endgültig ein. Dafür hielt Rons Körper den Rest von ihr warm, während sie durch die ausgestorbenen Straßen fuhren. Die Küstenstadt war von überschaubarer Größe, sodass sie bald mitten in einer Wohnsiedlung die auf dem Plan beschriebene Polizeiwache fanden. Davor gab es einen großen Parkplatz, von dem ihnen der Abschleppwagen entgegenkam. Ohne Land Rover. Als sie um die Ecke bogen, sahen sie Rons Wagen direkt vor dem Gebäude stehen. Neben mehreren Polizeiwagen. Der Anne bekannte Polizist war auf dem Weg ins Gebäude, blieb aber stehen, als Ron mehr oder weniger direkt auf ihn zufuhr. Ron stoppte das Moped, bedeutete Anne sitzenzubleiben und ging allein zu dem Polizisten. Sie war froh darüber, das Ganze aus der Ferne beobachten zu können. Zunächst sah sie viel Kopfschütteln bei dem Beamten, doch als Ron ein ganzes Bündel Bargeld aus der Hose zog, nahmen die Verhandlungen eine andere Richtung. Anne erkannte auch im Halbdunkel, dass es sich um mehrere grüne Scheine handelte. Anne wusste nicht, ob sie einem Akt der Bestechung zuschaute oder ob Ron schlichtweg auf unbürokratische Weise ihr Bußgeld bezahlte. Sie wollte es auch gar nicht wissen. Sie war einfach nur überglücklich, als das Geld den Besitzer wechselte, die Männer sich die Hände schüttelten und der Polizist sich dann auf den Weg ins Revier machte. Ron kam zufrieden nickend zurück.

„Genau deswegen habe ich immer etwas mehr Bargeld dabei“, verkündete er erfreut, weil wieder einmal einer seiner Prepper-Tricks zum Erfolg geführt hatte.

„Danke“, sagte Anne.

„Kein Problem“, antwortete Ron und wurde ernster. „Moment!“

Er zog sein Handy aus der Tasche und wählte eine Verbindung. Er wartete, sein Gesicht verdüsterte sich. Dann sagte er: „Leonie, hier ist dein Vater. Ruf mich sofort an, wenn du das hier hörst.“

Er drückte die Verbindung weg und ließ Dampf ab. So locker er die Sache mit dem abgeschleppten Auto genommen hatte, so sehr verkrampfte er nun.

„Ob die Großmutter Matteos Handynummer hat? Zumindest weiß sie, wo er wohnt.“

„Es ist nach elf“, stellte Anne fest. „Willst du wirklich die alte Dame aufwecken?“

„Was sollen wir sonst machen? Der Typ kann Leonie sonst wohin geschleppt haben. Wie viel Vorsprung haben die? Wann genau sind sie losgefahren?“

Sein Blick durchdrang Anne. Sie schüttelte einfach nur den Kopf.

„Was?“, bellte Ron ungeduldig.

„Du benimmst dich wie ein Fünfzigerjahre-Vater. Ein schlechter Fünfzigerjahre-Vater.“

„Aber ich kenne doch Männer. Junge Männer. Ich war selbst mal einer.“

„Das ist nicht der Punkt, Ron.“

„Sondern?“

„Nach allem, was ich gesehen habe, bin ich mir ziemlich sicher, dass Leonie bei der Sache den Ton angibt. Es wird nichts geschehen, was sie nicht will.“

„Ach!"
Ron winkte unwirsch ab.
„Der wird sich doch nicht mit ein paar Küsschen zufriedengeben."
„Das habe ich nicht gesagt. Die Möglichkeit, dass sie es ist, die mehr will, kannst du dir gar nicht vorstellen?"
Nach Rons Blick zu urteilen, konnte er das bis zu diesem Moment tatsächlich nicht. Er war sprachlos.
„Ron, ich war auch mal in dem Alter. Und es war ein Jackpot, wenn im Urlaub was mit einem coolen Typen lief. Das war ungefährlich. Man konnte sich ausprobieren. Man musste ihn nicht am nächsten Tag in der Schule sehen, wenn es ein Desaster war."
Ron seufzte. Er stand da auf dem Parkplatz der Polizei und ordnete sein Weltbild neu.
„In meinem Kopf ist sie immer noch neun", sagte er.
„Das ist sie nicht."
„Ich weiß. … Ich weiß."
Er schüttelte den Kopf, wirkte sehr klein.
„Ich habe so viel verpasst", flüsterte er.
Anne konnte nicht anders: Sie legte ihm ihre Hand auf die gesunkenen Schultern. Das brachte ihn zu einem Lächeln. Er drückte den Rücken durch.
„Aber es bleibt das Problem, dass sie nicht um sechs Uhr zurück sein wird", begann er mit der nächsten Sorge. „Das sagst du doch selbst. Dann ist unser ganzer Plan hinüber und …"
„Ron!", unterbrach Anne ihn schnell.
Er stoppte sich und blickte Anne fragend an.
„Wie wäre es, wenn wir ihr einfach vertrauen?"
Ron atmete tief durch. Das war nicht der Vorschlag, den er hören wollte. Anne überraschte sich selbst damit. Aber sie sah Leonie vor sich, wie sie ihr am früheren Abend genau das abverlangt hatte. Vertrauen. Sie konn-

ten es doch zumindest einmal probieren. Ron war noch nicht überzeugt.

„Lass uns erst mal zurückfahren“, sagte er dennoch.

20

Wenig später fuhren Anne und Ron im Land Rover über die dunkle Landstraße zurück Richtung Syrakus. Ron hatte den hinteren Bereich zu einer Ladefläche umfunktioniert, auf der das Moped der Nachbarn lag.

„Es tut mir leid, dass ich vorhin auf der Terrasse so ausgetickt bin", sagte er nach einigen Kilometern des Schweigens.

„Ist schon okay."

„Nein, ist es nicht. Dieser Unfall … Das sitzt ganz tief bei mir."

Anne hatte das Gefühl, dass Ron reden wollte. Anders als früher freute sie das.

„Was ist denn passiert?", fragte sie, weil es sie wirklich interessierte.

„Wie Leonie gesagt hat: Sekundenschlaf. Nachts auf der Autobahn. Konnten von Glück reden, dass keine anderen Autos in der Nähe waren. So sind wir ‚nur' in den Graben gefahren. Aber mit über hundert auf dem Tacho ist das auch kein Spaß. Der Wagen ist auf dem Dach liegen geblieben."

Selbst im Dunkeln konnte Anne den Horror in Rons Gesicht sehen, den die Erinnerung auslöste.

„Ich konnte Leonie nicht aus dem Wrack kriegen. Ihr Arm war eingeklemmt. Das war … das war der schlimmste Moment in meinem Leben. Das weinende Kind. Ich …"

Er verstummte.

„Wie alt war Leonie?“

„Sechs.“

Anne sagte nichts. Sie rechnete. Der Unfall hatte kurz vor Fukushima stattgefunden. Es brauchte kein Psychologiestudium, um zu verstehen, dass diese Hilflosigkeit der eigentliche Auslöser für Rons Preppen gewesen sein musste.

„Du machst dir konstant Sorgen um sie, mh?“, stellte Anne fest.

„Sie ist meine Tochter.“

Es berührte Anne, wie selbstverständlich Ron sich um seine Tochter sorgte.

„Du, vielleicht ist sie ja auch schon zurück“, sagte sie.

„Ja, vielleicht.“

Er sprach sich selbst Hoffnung zu. Sie fuhren eine Weile schweigend. Schließlich schaute er Anne an.

„Du kannst auch gerne noch mal duschen, wenn du willst.“

„Oh. Okay.“

Da war er wieder. Dieser Blick, den sie in den letzten beiden Tagen immer öfter gesehen hatte. Zum ersten Mal bei dem Desaster in Piacenza. Kein Vorwurf, keine Ermahnung.

„Wieso bietest du mir das immer an?“, fragte sie.

„Also du riechst nicht schlecht oder so“, setzte er schnell zu einer Erklärung an. „Sondern nur, weil … Weil du jetzt die ganze Zeit barfuß warst und so.“

Allmählich kapierte Anne es. Rons Blick war derselbe wie kurz zuvor, als es um Leonie gegangen war. Er offenbarte Sorge. Selbst wenn Anne sich komplett bescheuert benahm, sorgte er sich um sie. Und das konnte nur einen Grund haben: Er hatte etwas verstanden.

„Du glaubst, dass ich das brauche“, sagte sie und wunderte sich, dass sie es laut ausgesprochen hatte.

Ron antwortete nicht. Er bestätigte es nicht. Er widersprach aber auch nicht, sondern schaute einfach nur nach draußen.

„Ron?"

Er atmete noch einmal tief durch und begann dann zu reden.

„Mein Schwager. Er hat früher ab und zu beim Messebau mitgemacht. Wenn ich jemanden brauchte. Ein netter Kerl. Richard. Fleißig, zuverlässig, zupackend. Trotzdem stellte ihn kaum einer ein. Denn er hatte eine … Besonderheit. Er konnte nichts mit bloßen Händen anfassen. Er trug immer Handschuhe. Er aß auch grundsätzlich nichts unterwegs, sondern nur sein eigenes Zeug. Weil er Angst vor Keimen hatten, vor Bakterien, Viren."

Anne schluckte. Er wusste es tatsächlich.

„Das ging so weit, dass er … Wenn er etwas gekocht hatte, spülte er den Topf hinterher nicht einfach nur, nein, er ging da mit einer Stahlbürste ran. Montierte sie an die Bohrmaschine und schmirgelte den ganzen Topf ab. Falls die Keime sich unter der Oberfläche festgesetzt hatten. Er brauchte alle paar Monate neue Töpfe."

Ron lachte laut.

„Er erzählte das ganz offen. Waschzwang nannte er es. Andere hatten Diabetes, er hatte einen Waschzwang. Sobald er zu Hause war, musste er sich zwanzigmal die Hände waschen. Anstrengend, aber war halt so. Die meisten hielten ihn für einen Spinner. Ich … ich musste nur in meinen Bunker mit zweihundert Konservendosen schauen, um zu wissen, dass man manchmal Dinge macht, die nicht alle verstehen. Ich mochte ihn immer."

Er lächelte Anne an.

„Was ist aus ihm geworden?"

„Ich weiß es nicht. Er hat irgendwann keine Jobs mehr angenommen. Schon lange vor meiner Trennung von

Claudia. Er wollte nicht mehr aus dem Haus gehen. Das war ihm zu riskant. Ich hab' ihn noch ein paarmal angerufen, aber es hatte keinen Sinn."

Er zuckte traurig mit den Schultern. Für einen Moment fuhren sie stumm weiter. Anne blickte nach hinten. Der Drache saß neben dem alten Moped. Als er Annes Gesicht sah, schüttelte er vehement den Kopf.

„Mach dasss nicht!", ermahnte er sie eindringlich. „Du wirst esss bereuen!"

„Ich habe einen Drachen", sagte Anne zu Ron.

„Was?"

„Mein Zwang. Er äußert sich in einem Drachen, der mir die ganze Zeit sagt, worauf ich achten soll, was ich machen soll, vor allem, was ich lassen soll."

Ron schaute sie forschend an. Nicht ungläubig, eher interessiert.

„Du redest manchmal mit ihm", stellte er fest.

„Normalerweise nur, wenn ich alleine bin. Aber in den letzten Tagen ist nichts wie normalerweise."

Ron lachte und nickte zustimmend.

„War der schon immer da?"

„Nein, erst seit Julian gestorben ist."

Ron wurde ernster. Er seufzte. Dann legte er ihr seine Hand auf den Arm. Nur um sie gleich wieder wegzunehmen.

„Sorry, das magst du nicht."

„Normalerweise nicht", antwortete sie. „Aber wie gesagt: Im Moment ist nichts normal. Es tut gut."

Ron lächelte und legte die Hand wieder auf den Arm, streichelte sie fast. Sie fuhren stumm weiter.

„Ist er hier?", fragte Ron schließlich. „Jetzt?"

„Er sitzt hinter dir."

Anne drehte sich um und blickte in das hasserfüllte Gesicht des Drachens.

„Dasss wird dir um die Ohren fliegen", zischte er.
Auch Ron schaute nach hinten.
„Hallo, Drache!", sagte er.
„Oh, wasss für ein Witzbold."
„Findest du das bescheuert?", fragte Anne unsicher.
„Nein", sagte Ron schnell. „Wie gesagt: Wir haben alle unsere … Drachen. Ehrlich gesagt, steigert es meine Achtung vor dir. Dass du trotz dieser Ängste mitgekommen bist. Den ganzen Mist hier mitmachst. Du bist eine verdammt starke Frau."
Anne musste lächeln. Sie wollte gerade etwas erwidern, als der Wagen stoppte. Überrascht schaute Anne nach draußen, sah den Wohnwagen am Straßenrand. Sie hatte nicht mitbekommen, dass sie längst wieder in der Siedlung mit dem Ferienhaus angekommen waren. Es enttäuschte sie, denn sie wäre gerne noch weiter mit Ron durch die Nacht gefahren.
„Sie ist nicht zurück", stellte Ron fest.
Anne folgte seinem Blick und sah, dass das Fenster in der ersten Etage nach wie vor offenstand. So, wie Leonie es verlassen hatte.
„Unwahrscheinlich, dass die Frostbeule bei den Temperaturen mit offenem Fenster schläft", sagte ihr Vater.
„Sie kommt", sagte Anne. „Und wenn *ich* das schon sage, obwohl ich wie eine Irre barfuß hinter ihr her bin, dann zählt das was."
Ron lachte.
„Das war nicht irre. Du wolltest nur helfen."
„Nein, das war der Drache."
„Tsss", kam es trotzig von hinten.
„Er pflanzt mir diese Gedanken ein. Ich bin nicht nur dem falschen Moped hinterher gefahren, sondern auch dem falschen Gedanken."
Ron nickte verstehend. Er blickte ihr direkt in die Augen.

Ein warmer Blick. Es war noch etwas von der Sorge da, die Anne nun erkannte, aber es war auch Zuneigung dabei. Es verunsicherte sie.

„Äh, Ron … Also, ich würde dich bitten, niemandem etwas zu sagen. Von dem Drachen und überhaupt. Besonders meinem Vater nicht und … Ich … Ich bin noch nicht so weit."

„Natürlich", sagte er schnell. „Ich sage nichts. Und … Wenn ich was für dich tun kann. Etwas desinfizieren oder so. Sag einfach Bescheid."

Anne nickte.

„Danke! Und jetzt würde ich tatsächlich gerne noch einmal kurz duschen."

Ron lachte. So wie nur er das konnte.

21

Natürlich duschte Anne auch am nächsten Morgen. Um halb sechs betrat sie leise das Ferienhaus und steuerte umgehend das Badezimmer im Erdgeschoss an. Bevor sie darin verschwinden konnte, hörte sie ein geflüstertes „Hey". Ron war aus dem Wohnzimmer erschienen. Er trug nur Boxershorts. Offensichtlich hatte er kein Problem mit der nächtlichen Kälte. Er winkte Anne zu sich und ging über die Steintreppen nach oben. Anne zögerte, aber mittlerweile vertraute sie ihm so sehr, dass sie ihm ohne Nachfrage folgte.

Oben angekommen, wandte er sich zum Gästezimmer. Anne musste schmunzeln, als er mit dem Zeigefinger vor dem Mund vorsichtig die Tür öffnete. Anne stellte sich zu Ron und betrachtete mit ihm gemeinsam seine tief schlafende Tochter. Er wirkte glücklich, geradezu stolz.

„Halb eins", flüsterte er.

Immerhin. Sie würde es hassen, wenn man sie weckte, doch sie konnte später im Auto schlafen. Sie hatte ihr Versprechen gehalten. Ron betrachtete noch einmal verzückt seine Tochter und schloss dann die Tür.

„Hast du mit ihr gesprochen?", fragte Anne leise.

„Nein, und ich werde so tun, als ob nichts war. Sie ist … sie ist alt genug."

„Sehr gut", lobte Anne Ron.

Denn es fiel ihm sichtlich schwer. Doch sie lernten bei dieser Reise alle dazu.

Der Land Rover war bereits gepackt und startklar, als Ron um drei Minuten vor sechs Uhr seine Tochter weckte. Während Anne im Auto ihrem Vater zum sicherlich nicht letzten Mal an diesem Tag erklärte, wieso die frühe Abfahrt wirklich wichtig war, kam die verschlafene Prinzessin aus dem Haus. Sie war so müde, dass sie einfach nur auf den ihr zugewiesenen Platz in der letzten Reihe torkelte. Kurz trafen sich die Blicke von Anne und Leonie. Das Mädchen blinzelte ihr frech zu. Anne musste schmunzeln, nickte aber auch respektvoll. Dann legte sich Leonie mit ihrem eckigen Schwein im Arm der Länge nach auf die Rückbank, sodass der Drache schimpfend zur Seite rutschen musste.

In der Reihe davor war für ihn kein Platz mehr, weil dort nun Papa und Monika saßen. Letztere stand sowieso immer um diese Uhrzeit auf und war deutlich wacher als Annes Vater, der auch in Annes Kindheit vor dem ersten Kaffee und seiner Zeitung kaum ansprechbar gewesen war.

Ron warf den Hausschlüssel in den Briefkasten der Vermieterin, sprang mit Schwung auf den Fahrersitz und rief: „Nächster Stopp: Schweiz!"

Er lachte laut und startete den Wagen.

„Müssen wir nicht erst auf die Fähre?", grummelte Papa.

Anne seufzte innerlich über die morgendliche Humorlosigkeit. Aber er hatte natürlich recht. Ron trat aufs Gas, damit sie die Fähre erreichten, für die sie bereits auf der Hinfahrt Tickets besorgt hatten.

Zunächst fuhren alle schweigend. Doch nach einer Weile fiel Anne auf, dass Ron immer öfter in den Rückspiegel blickte. Sie stellte fest, dass sie nicht etwa verfolgt wurden, sondern dass Ron zu ihrem Vater schaute. Der saß hinter dem Beifahrersitz, weswegen Anne ihn nicht so gut sehen konnte. Aber bald wurde das Problem auch hörbar: „Bist du nicht ein bisschen zu schnell?“; „Vorsicht, rechts der Wagen!“; „Rot! Rot!“

Außerdem beugte er sich immer wieder leicht nach vorn, um Ron beim Fahren zu mustern. Wenn Papa mit Anne fuhr, korrigierte er eigentlich nicht fortlaufend ihre Fahrweise. Natürlich war der Straßenverkehr auf Sizilien wilder als in Berlin. Auch Anne hatte schon gelernt, dass Schilder und Ampeln allenfalls Empfehlungen waren. Doch dank Corona war der Verkehr nicht besonders dicht, die Gefahr hielt sich in Grenzen. Nicht nur Anne dämmerte bald, was Papas Problem war.

„Rainer, ich bin ausgeschlafen und topfit“, verkündete Ron ungefragt. „Wirklich. Ich würde sonst Anne fahren lassen.“

„Aber du schläfst schon manchmal am Steuer ein“, kam von Papa zurück.

„Rainer!“, ermahnte Monika ihn.

„Was denn? Warum macht ihr denn so ein Geheimnis daraus?“

Ihn wurmte es, dass am Vorabend niemand auf seine Fragen eingegangen war, was Leonie mit dem Vorfall in ihrer Kindheit gemeint hatte. Offensichtlich hatte auch Monika ihm nie etwas von dem Unfall erzählt.

„Ich bin *einmal* am Steuer eingeschlafen“, erklärte Ron angespannt. „Das war eine furchtbare Erfahrung, die ich nie vergessen werde. Ich könnte es auch gar nicht, weil meine Ex mich bei jeder Gelegenheit daran erinnert. Es war das Sinnbild meiner Verantwortungslosigkeit.“

„Ist gut jetzt, Ron.“

Monika legte ihm beruhigend die Hand auf die Schulter, was aber eher das Gegenteil bewirkte. Er stieß wütend Luft aus, wie Anne es eigentlich nur von dem Drachen kannte.

„Sorry, Papa, dass ich das gestern gesagt habe. Das war doof von mir.“

Alle schauten überrascht in die letzte Reihe. Leonie hatte sogar im Tiefschlaf die Angriffe auf ihren Vater mitbekommen. Ihre Einmischung erwärmte umgehend Rons Herz. Er lächelte sie über den Rückspiegel an.

„Alles gut, Leo. Ich war auch nicht nett gestern. Schwamm drüber.“

Leonie lächelte. Ron lächelte. Jeglicher Ärger zwischen den beiden war verschwunden.

„Jetzt ist aber wirklich rot“, murmelte Papa.

Ron hatte die Ampel nicht gesehen und musste in die Bremsen steigen. Alle hielten sich fest.

„Sorry!“, rief Ron.

Leonie lachte, drehte sich auf dem Rücksitz um und schlief weiter. Auch die anderen nahmen es Ron nicht übel.

Als sie in Messina fast als letzte auf die Fähre fuhren, schlief Leonie immer noch. Anne zog es wie auf der Hinfahrt vor, im Auto zu bleiben, auch wenn ihr Vater es nicht verstand. Ron lockte ihn mit der Aussicht auf einen Kaffee und eine Zeitung vom Land Rover weg. Sobald die anderen das Parkdeck verlassen hatten, kletterte der Drache eine Reihe nach vorne.

„Vielleicht kann man die da hinten unauffällig desinfizieren“, zischte er. „Ich glaub nicht, dasss sie letzte Nacht geduscht hat.“

Anne winkte ab. Da mussten sie jetzt durch. Der Drache bekam Anne jedoch dazu, bei sich Fieber zu messen, und natürlich ihre eigenen Hände zu reinigen sowie den Fahrersitz, weil sie nach der Ankunft auf dem italienischen Festland das Steuer übernehmen würde. Ron und Anne hatten die Etappen sehr genau eingeteilt. Alle zwei Stunden ein Wechsel während einer kurzen Pause. Den einzigen Pausen. Am Nachmittag würde jeder drei Stunden fahren, damit der jeweils andere etwas schlafen konnte.

„Boah“, kam plötzlich ein Stöhnen von der letzten Reihe.

Anne hatte es wohl etwas mit dem Desinfektionsmittel übertrieben.

„Besser als die Abgase von draußen“, rief sie schnell.

Leonies Kopf erschien hinter der Rückbank. Sie blinzelte und schaute mit verquollenen Augen nach draußen.

„Fähre, mh?“

Anne nickte.

„Willst du aussteigen?“

„Nee, ich muss schlafen.“

Der Kopf verschwand wieder.

„Danke, dass du meinem Vater nichts gesagt hast“, kam es aus dem Nichts.

Anne ließ dies einfach mal so stehen.

„Danke, dass du rechtzeitig zurück warst“, sagte sie stattdessen.

„Hab’s ja versprochen.“

„Ja. Auch wenn du jetzt leidest.“

Kurz erschien wieder der Kopf. Leonie grinste breit.

„Es war es wert.“

Sie verschwand wieder. Anne musste lachen.

„Er will auch mal nach Berlin kommen, wenn ich Papa besuche“, ergänzte Leonie auf der Rückbank liegend.

„Da wird sich dein Vater aber freuen.“

Leonie kicherte. Sie war trotz Müdigkeit ausgesprochen gut gelaunt.

„Hast du eigentlich einen Freund?“, fragte sie plötzlich.

„Nein“, antwortete Anne.

„Du bist aber keine … Du hattest aber schon mal einen?“

„Ja, ich hatte schon mal einen. Und ich hatte auch schon Urlaubsflirts. Mit Moped fahren und allem.“

Wieder kam der Kopf hoch. Neugierig.

„Echt?“

Anne nickte.

„Erwarte nicht zu viel“, sagte sie zugewandt. „Also, dass er sich wirklich meldet.“

Leonie stutzte, nickte dann aber verstehend.

„Klar. … Aber … es war es trotzdem wert.“

„Natürlich.“

Leonie legte sich wieder hin. Schon bald hörte Anne sie gleichmäßig atmen. Sie genoss den Moment als große Schwester.

22

Bis zum Nachmittag verlief die Fahrt nach Plan. Der Verkehr war so gut wie nicht vorhanden, Polizeikontrollen blieben aus, Wolken sahen sie höchstens in der Ferne. Sie hielten die Zeiten ein, bekamen Annes besser gelaunten Vater sogar dazu, im Land Rover Mittag zu essen. Danach wechselte Anne wieder ans Steuer und Ron machte sein Nickerchen. Seine Tochter schlief nach wie vor oder schon wieder.

Leonie saß immer noch dösend in der letzten Reihe, als es am Nachmittag ein weiteres Mal Zeit für den Fahrerwechsel war. Sie stoppten in der Nähe von Rom am Pendant der Raststätte, an der sie zwei Tage zuvor auch Rast gemacht hatten. Es kam Anne vor, als ob seitdem Wochen vergangen wären.

Während Ron tankte und die anderen sich die Beine vertraten, ging Anne auf Toilette. Natürlich maß sie auch Fieber. Wie bei den unzähligen Messungen zuvor, blieb ihre Temperatur stabil unter 37 Grad. Nach der letzten Messung steckte sie das Thermometer wieder weg.

„Anne?", hörte sie Leonies Stimme aus der Kabine neben sich. „Hast du wieder Fieber gemessen?"

Anne hatte jemanden reinkommen hören, aber nicht darüber nachgedacht, dass es Leonie sein könnte. Deswegen hatte sie auch nicht versucht, das Piepsen des Gerätes zu dämpfen.

„Ähm, ja“, sagte sie zu ihrer neu gewonnenen kleinen Schwester. „Nur sicherheitshalber, weißt du. Nachdem wir …“

„Kann ich auch mal haben?“, unterbrach Leonie.

Schon erschien unter der Wand zur nächsten Kabine die Hand des Mädchens. Anne zögerte nur kurz, holte das Messgerät dann aus ihrer Handtasche und drückte es Leonie in die Hand.

„Dasss musst du aber desinfizieren!“, mahnte der Drache, der die Reinigung der Toilette wenige Minuten zuvor penibel überwacht hatte.

Er hockte in der Ecke und starrte Anne kritisch an. Leonie war für ihn längst ein rotes Tuch. Anne nickte. Natürlich würde sie das Gerät desinfizieren, rotes Tuch oder nicht. Nebenan piepste es.

„Scheiße“, kam es von hinter der Wand.

Der Drache spitzte die Ohren.

„Was ist?“, fragte Anne.

„Ist 38,9 schon richtig Fieber?“

Der Drache riss die Augen auf. Anne spürte, wie sich ihr Hals versteifte.

„Miss noch mal“, sagte sie.

Es dauerte nur wenige Sekunden bis zum nächsten Piepsen.

„38,7.“

Anne musste ganz tief durchatmen.

„Wie fühlst du dich?“

„Immer noch verdammt müde.“

Dabei hatte sie fast den ganzen Tag geschlafen. Anne machte sich mit ihren Wischtüchern sauber und zog sich schnell an.

„Und mein Kopf dröhnt.“

„Du musst hier weg!“, zischte der Drache. „Weit weg.“

„Das ist aber kein Corona“, verkündete Leonie schnell.

„Matteo hatte nur Schnupfen. Schnupfen ist doch nicht Corona, das steht überall im …"

„Matteo war krank?", ging Anne dazwischen und hatte Mühe, ihre Stimmlage unter Kontrolle zu halten.

Sie stand auf, wollte raus aus der Kabine, doch dann auch wieder nicht. Sie wusste nicht, wohin mit sich. Der Drache schnaubte bedrohlich.

„Also erst nicht", erklärte Leonie. „Aber dann musste er immer öfter niesen und war auch ganz schön müde. Deswegen haben wir auch nur geknutscht und ein bisschen gefummelt …"

„Du weißt schon, dass sein Opa Corona hat?", ging Anne dazwischen.

„Er hat seinen Opa seit Wochen nicht gesehen. Und seine Oma … da hat er auch immer Abstand gehalten. Ich schwöre es."

„Sie hat esss! Sie hat dasss Virusss!"

„Bitte sag meinem Vater nichts!"

„Wie stellst du dir das vor? Du bist krank."

„Sie hat Corona!", rief der Drache. „Du musst weg hier. Sie steckt dich an."

„Aber der flippt aus, wenn er hört, wo ich heute Nacht war", wimmerte Leonie.

„Er weiß es längst."

„Was?"

„Er ist nicht doof, Leonie. Er ist auch nicht sauer. Aber …"

„Was? Wie meinst du das?"

„Ich muss raus", verkündete Anne. „Ich muss zu ihm."

„Nein! Bitte nicht!"

Anne riss ihre Kabinentür auf und rannte aus dem Toilettenbereich. Sie hörte Leonie hinter sich rufen, aber blieb nicht stehen. Der Drache hatte recht. Sie musste weg von dem Mädchen. Weit weg.

Ron stand auf dem Parkplatz am Land Rover, putzte die

Frontscheibe. Als er Anne kommen sah, stoppte er und legte schnell den Wischer weg.

„Was ist?“, rief er besorgt, während sie näherkam.

Auch ihr Vater und Monika, die unter schattigen Bäumen auf und ab gingen, blickten zu ihnen herüber.

„Leonie ist krank!“, rief Anne viel zu laut.

„Was?“

„Sie hat das Virus. Sie hat sich bei Matteo angesteckt. Sie hat Corona!“

„Warum erzählst du so eine Scheiße?“

Leonie war direkt hinter Anne hergelaufen, noch mit dem Fiebermessgerät in der Hand. Als Anne sie sah, sprang sie zur Seite. Leonie hatte glasige Augen und war knallrot.

„Dasss waren weniger als zwei Meter!“, rief der Drache.

„Langsam, langsam“, ging Ron dazwischen. „Was ist passiert?“

„Sie hat fast 39 Fieber!“

„Sie musss weg!“

„Sie ist infiziert!“

„Sie hat dasss Virusssss!“

Anne konnte nicht mehr zwischen ihrer Stimme und der des Drachens unterscheiden. Die Riesenechse lief aufgebracht hin und her, spuckte kleine Schwefelwölkchen aus und zeigte immer wieder auf Leonie.

„Es ist kein Corona, Papa. Ich bin einfach nur … müde.“

Sagte es und setzte sich mitten auf der Straße auf den Boden. Leute von der Tankstelle schauten zu ihnen herüber. Für sie musste die Situation aussehen wie ein absurdes Theaterstück.

„Corona!“, schrie der Drache. „Du wirst sterben!“

„Okay, okay!“, rief Ron. „Anne! Hör mir zu!“

Anne spürte erst jetzt, dass sie genauso rastlos wie der Drache hin- und herlief. Monika kam gefolgt von Annes Vater näher.

„Papa, bleib weg!"
„Bleibt ihr bitte da!", rief Ron den Eltern zu. „Anne! Guck mich an."
Anne fokussierte ihn.
„Geh bitte da hinten zu den Bänken, ja? Ich kläre das hier. Und komme dann zu dir. Okay? Geht das? Kannst du das tun?"
Er zeigte immer wieder auf die Bänke am anderen Ende des Parkplatzes. Dabei kam er Leonie viel zu nah. Sie weinte.
„Aber du darfst dich nicht …"
„Anne, bitte!"
Er zeigte noch einmal zu den Bänken. Anne sah, dass ihr Vater und Monika auf ihn hörten und stehengeblieben waren. Also gehorchte sie ebenfalls.
„Dieser Affenkönig wird sich noch anstecken", zischte der Drachen. „Wir kriegen alle dasss Virusss."
„Komm jetzt", fuhr Anne ihn an und ging schnurstracks zu der Bank.
Erst, als sie sich dort hingesetzt hatte, schaute sie zurück. Ron hockte bei Leonie, redete mit ihr, hielt ihr das Fieberthermometer an die Stirn und blickte darauf. Monika kam langsam näher. Immerhin hatte sie Papa auf einer weiteren Bank platziert, wo er auch brav sitzen blieb, weit entfernt. Ron nahm Leonie in die Arme. Er drückte seine weinende Tochter eng an sich.
„Jetzt hat er esss auch."
„Sei still!"
Anne schloss die Augen.
Sie hätte nicht sagen können, ob sie eingeschlafen war. Doch es musste einige Zeit vergangen sein, als sie Rons Schritte hörte und die Augen wieder öffnete. Er trug eine Maske, blieb in gebührendem Abstand stehen. Hinter ihm war Leonie von der Straße verschwunden. Monika eben-

falls. Papa saß noch auf seinem Platz und blickte trotz eines kleinen Hustenanfalls konzentriert zu ihnen herüber.

„Wir glauben nicht, dass es Corona ist", sagte Ron.

„Aber Ron …"

„Meine Mutter war Krankenschwester. Sie kennt sich aus. Mit Matteo war Leonie gerade mal einen Tag im Kontakt, das wäre eine sehr kurze Inkubationszeit für Corona. Gibt's eher bei einer normalen Grippe. Und ihre Quarantänezeit von der anderen Reise war gestern vorbei."

„Sie kann es sich auch woanders eingefangen haben. Wir sind in Italien!"

„Es ist auch egal, denn sie ist definitiv krank. Auch andere Viren sind ein Problem. Besonders für deinen Vater."

Anne nickte. Sie fühlte sich verstanden.

„Darf ich mich setzen?"

Anne atmete tief durch. Dann nickte sie erneut. Der Drache saß auf der anderen Seite des Tisches, verfolgte jede Bewegung von Ron mit scharfem Blick. Für einen Moment schaute Ron ihn direkt an, fast, als ob er ihn sehen könnte.

„Ich verstehe, dass dich das aufwühlt", sagte er zu Anne. „Aber wir müssen weiter. Und wir können Leonie nicht einfach hier auf dem Rastplatz lassen."

„Du gehst auf keinen Fall mit der Heulboje insss Auto!", rief der Drache.

„Ist mir klar", sagte Anne dennoch zu Ron. „Aber wenn sie meinen Vater ansteckt …"

„Wird sie nicht. Sie ist im Anhänger. Sie wird dort schlafen. Meine Mutter bleibt bei ihr."

Anne schaute überrascht auf.

„Ich weiß, das war dein Reich. Aber heute hätten eh die Eltern dort schlafen sollen …"

„Darum geht's nicht. Wir können nicht fahren mit jemandem im Anhänger."

„Sind wir auf der Hinfahrt auch.“

„Weil wir’s nicht wussten“, sagte Anne. „Es ist verboten. Es ist gefährlich.“

„Ich fahr vorsichtig. Und wir überlegen uns unterwegs etwas. Aber wir müssen sie so schnell wie möglich nach Hause bekommen. Okay?“

„Nichtsss ist okay.“

Auch Anne zögerte.

„Wir sind ein gutes Team“, erklärte Ron. „Wir bekommen das hin, Anne. Ich desinfiziere den Land Rover und dann fahren wir weiter. Du wirst Leonie nicht zu nahe kommen.“

„Es geht vor allem um meinen Vater.“

„Ich weiß.“

Sie sah sein warmherziges Lächeln, obwohl er eine Maske trug. Sie kannte dieses Lächeln mittlerweile. Ein Lächeln nur für sie. Anne war dennoch wie gelähmt, hörte das Zischen des Drachens.

„Ich mach das jetzt mit dem Wagen“, erklärte Ron. „Dann hole ich dich.“

Er stand auf und ging zurück zum Land Rover. Anne lehnte sich an den Tisch und atmete tief durch. Sie bekam wieder Luft. Ohne Ron wäre sie schon längst durchgedreht.

„Dasss wird …“

„Sei jetzt endlich still!“

Der Drache verstummte. Für den Moment.

23

„Mäuschen, du musst dir wirklich nicht immer so viele Sorgen um mich machen."

Papa meinte es nicht böse. Das sah Anne ihm an, als sie sich vom Beifahrersitz aus umdrehte. Bei ihm war der Ernst der Lage zumindest teilweise angekommen, aber er hatte eine ganze eigene Sicht der Dinge.

„Wenn etwas passiert, dann passiert es", ergänzte er. „Schon richtig, dass du meinetwegen vorsichtig bist, aber wenn du alle verrückt machst, dann … das ist doch kein Leben."

Anne wusste nicht, was sie dazu sagen sollte. Der Drache schon: „Da nimmt sich aber einer wichtig."

Die blaue Riesenechse saß wieder in der zweiten Reihe. Von Monika und Leonie hatte Anne tatsächlich nichts gesehen. Sie stellte sich vor, dass Leonie im Bett schlief, während Monika – hoffentlich mit Maske – daneben saß. Ron reizte die Geschwindigkeit des Land Rovers nicht so sehr aus, wie sie es bisher an diesem Tag gemacht hatten. Die Situation war auf allen Ebenen brüchig.

„Hm?", machte ihr Vater und legte ihr die Hand auf die Schulter.

Das hatte er lange nicht gemacht. Anne rang sich ein Nicken ab.

„Wir haben eine Pandemie", sagte sie trotzdem. „Da geht's um mehr als um einzelne Leute. Weißt du, was hier in dem Land los ist?"

Ihr Vater sagte nichts. Anne sah ihm sein innerliches Abwinken an.

„Ja", sprang Ron ihr bei. „Vorhin habe ich ein Video gesehen. In Bergamo muss das Militär nachts die Toten mit LKWs abholen, weil die Friedhöfe überfüllt sind."

Anne schaute Ron entsetzt an.

„Der weisss wirklich, wie man beruhigt. Fahren wir nicht Richtung Bergamo?"

„Wir fahren ja jetzt nach Hause", resümierte Annes Vater und lehnte sich in seinem Sitz zurück.

Was sollte Anne da noch sagen? Stille kehrte im Wagen ein, die jedoch nicht dabei half, die Bilder von überfüllten Friedhöfen loszuwerden.

„Schlaf ein bisschen", sagte Ron leise zu ihr.

Anne konnte sich beim besten Willen nicht vorstellen, unter den gegebenen Umständen ein Auge zuzumachen. Zehn Minuten später schlief sie tief und fest.

Es war bereits dunkel, als Anne wieder aufwachte. Der Land Rover fuhr langsam, vor ihnen staute sich der Verkehr. Die Autobahn wurde einspurig.

„Wo sind wir?", fragte sie, während sie sich reckte.

„Hinter Bologna."

Anne blickte auf die Uhr am Armaturenbrett. Es war kurz vor acht. Das bedeutete zweierlei: Anne hatte schon wieder mehr als drei Stunden geschlafen. Außerdem lagen sie im Zeitplan eine Stunde zurück.

„Was ist denn hier los?"

Sie befanden sich vor einer Kurve, weswegen sie nicht sehen konnten, wie weit der Stau reichte. Auch Ron versuchte, im Dunkeln etwas auszumachen. Sie rollten im Lauftempo weiter.

„Mist", sagte er plötzlich. „Polizeikontrolle."

Jetzt war Anne endgültig wach. Auch der Drache hinter ihr

setzte sich aufrecht. Papa ließ die Zeitung sinken, die er zum fünften Mal an diesem Tag las. Anne entdeckte nun ebenfalls die drei Wagen der Polizia. Ein Polizist mit blinkender Kelle winkte die meisten Autos vorbei, doch einige Fahrzeuge standen am Straßenrand und wurden von seinen Kollegen kontrolliert. Anne hatte ihr Handy herausgezogen und schaute auf der Karte nach, wo genau sie sich befanden: An der Grenze zur Provinz Modena. An der Grenze zur ursprünglichen Zona Rossa. Als sie sich dem Polizisten näherten, spürte sie ein unangenehmes Kribbeln im Nacken. Sie roch den Schwefel, den der Drache ausstieß. Ron bemerkte ihre Unruhe.

„Keine Sorge", sagte er. „Wir haben das Papier von der Polizia. Außerdem fahren wir nach Hause. Touristen dürfen nach wie vor das Land verlassen. Die werden uns mit dem deutschen Kennzeichen nicht mal rauswinken."

Genau in dem Moment zeigte der Polizist auf den Land Rover und winkte mit der Kelle in Richtung des Standstreifens.

„Läuft", sagte der Drache.

„Okay, okay", sagte Ron, während er den Blinker setzte. „Wir haben das Papier."

„Wir haben aber auch zwei Leute im Anhänger, die dort nicht sein dürfen", entgegnete Anne.

„Anne, jetzt sei doch nicht wieder so eine Unke", kam es von Papa.

Anne behielt im normalen Leben gerne recht. Im Arbeitsleben, wenn sie dem Finanzamt nachwies, dass es bei einem Mandanten einen Fehler gemacht hatte. An der Kasse im Supermarkt, wenn sie zu wenig Wechselgeld bekommen hatte. An diesem Tag hätte sie alles gegeben, um nicht recht zu behalten. Doch der Polizist, der sie am Straßenrand kontrollierte, bestand darauf, einen Blick in den Anhänger zu werfen. Als er erfuhr, dass dort eine kranke Person lag, verzog er das Gesicht.

„Das geht nicht“, sagte er in fast perfektem Englisch. „Sie dürfen niemanden im Anhänger mit sich nehmen.“

„Überraschung!“, rief der Drache.

Ron erklärte dem Mann, dass sie jemanden aus der Risikogruppe im Land Rover hätten und ihn nicht der Nähe zu der Kranken aussetzen wollten. Das verstand der Beamte sogar, aber in seinen Augen war das keine Lösung. Die Gefahr für die Leute im Anhänger war größer. Besonders nachts. Wie schnell konnte es im Dunkeln zu unvorhergesehenen Bremsmanövern kommen. Er war wirklich freundlich und nahm sich viel Zeit, um allen zu erklären, warum er auf keinen Fall zulassen konnte, dass sie so weiterfuhren. Der erholsame Moment durch den Schlaf war für Anne bereits vollständig verpufft.

„Aber was sollen wir denn machen?“, rief Ron fast schon verzweifelt.

„Sie sollten sich eine Unterkunft suchen.“

„Nein!“, rief Anne reflexartig.

„Das geht nicht“, erklärte Ron dem Mann. „Wir müssen heute noch in die Schweiz und morgen nach Deutschland. Das Mädchen muss nach Hause.“

„Mit einer kranken Person wird man Sie nicht über die Grenze lassen“, entgegnete der Polizist geduldig. „Die Schweizer sind da sehr strikt.“

„Dasss war'sss. Dasss ist das Ende.“

Ron schien mit seinem Latein ebenfalls am Ende zu sein.

„Ich könnte Paolo anrufen“, mischte sich Papa auf Deutsch ein. „Das war unser Vermieter letztes Jahr in Modena. Sehr nette Leute. Sprechen Deutsch. Sein Bruder lebt in Berlin, glaube ich. Oder war es seine …“

„Papa!“, unterbrach Anne harsch. „Wir werden garantiert nicht in Modena übernachten. Das ist mitten in der …“

„Wie weit ist es bis Modena?“, fragte Ron den Polizisten auf Englisch.

„Nicht sein Ernst“, zischte der Drache.
„Eine halbe Stunde.“
„Könnten wir so lange die Leute noch im Wohnwagen lassen?“
Der Polizist schüttelte bedauernd den Kopf.
„Können Sie nicht einmal ein Auge zudrücken?“
„Wenn Sie von der Autobahn fahren, werden Sie wieder kontrolliert. In der Stadt vielleicht noch mal. Sie tun sich da keinen Gefallen. Die Kollegen könnten Ihnen auch eine Strafe aufbrummen.“
„Herrgott, warum ist der denn auch noch so freundlich dabei?“, zischte Ron überfordert auf Deutsch.
Er blickte Anne bedauernd an, die noch ganz woanders hing.
„Du willst in der roten Zone von der Autobahn fahren? Übernachten?“
„Paolo hat eine ganz schicke Wohnung in der Altstadt. Ich glaub, sogar zwei …“
„Papa!“
Er verstummte. Anne blickte Ron an. Er seufzte aus tiefem Herzen.
„Es ist schon spät, und sie lassen uns sowieso nicht durch an der Grenze.“
„Dann fahren wir halt über die Berge“, ging Anne dazwischen.
Ron musste lachen.
„Ich meine es ernst!“
Auch Ron wurde wieder ernster.
„Okay, Anne. Ja, wir könnten über die Berge. Aber nachts? Mit einer kranken Leonie im Anhänger?“
Er schüttelte den Kopf.
„Sie braucht Ruhe. Es tut mir leid.“
Anne schluckte.
„Am Ende ist die Jammersuse allesss, wasss ihm wichtig ist.“

Ron wartete nicht einmal Annes Reaktion ab, sondern nickte dem Polizisten zu und stieg dann aus dem Land Rover.

24

Alles sträubte sich in Anne, als sie den Blinker setzte. Sie wollte die Ausfahrt „Modena“ nicht nehmen. Andererseits wollte sie auch keine Minute zu lange im Land Rover sitzen. Mit Leonie. Sie hatten auf dem Seitenstreifen ein kleines Ballett absolviert. Anne war auf den Fahrersitz gewechselt, ihr Vater neben sie. Hinter ihnen saßen Ron und Monika sozusagen als Puffer zur letzten Reihe, wo Leonie lag. Hinter einer Plastikwand. Ron hatte kurzerhand das Fenster des Wohnwagens ausgebaut und als Schutz zwischen den Reihen eingekeilt. Er tat alles, damit die Situation für Anne erträglicher wurde. Die Situation blieb unerträglich.

Dennoch verließ Anne die Autobahn. Papa hatte tatsächlich besagten Paolo angerufen, der sich gefreut hatte. Natürlich standen seine Ferienwohnungen frei, und es sah auch nicht so aus, als ob sich das in den nächsten Monaten ändern würde. Er war froh über jeden Euro, egal, ob die Deutschen ein krankes Mädchen mitbrachten. Anne hatte gehört, wie der Mann am Telefon gelacht hatte, um dann zu verkünden, dass im Haus sowieso schon zwei Leute mit Corona wohnten.

„Leichte Fälle“, hatte Ron immer wieder betont, als Anne deswegen kurzzeitig ausgetickt war.

Sie hatten dann gleich zwei Wohnungen gemietet, damit sie Leonie isolieren konnten. Für eine Nacht. „Erst mal“. Anne wollte gar nicht wissen, was das bedeutete.

„Du kannst hier nicht bleiben“, sagte der Drache immer wieder. „Dasss ist dein Tod.“

Er saß zwischen Ron und Monika eingequetscht. Da er noch einmal sichtbar gewachsen war, konnte er sich kaum bewegen.

Anne steuerte auf die Mautstation zu. Sie spürte, wie Ron sich hinter ihr aufrichtete.

„Ganz links ist frei“, sagte er schnell. „Ich hab Kleingeld.“

Bloß verhindern, dass die Verrückte wieder durchraste. Doch da bestand keine Gefahr. Anne hatte es nicht eilig, in die verseuchte Stadt zu kommen. Sie bezahlte gehorsam die Mautgebühr. Sie stoppte ebenso gehorsam an der Polizeikontrolle, die danach auf sie wartete. Man wunderte sich zwar, dass die Deutschen ernsthaft nach Modena wollten, doch mit dem Freifahrtschein bedurfte es keiner weiteren Diskussionen.

Auf der Landstraße war noch weniger Verkehr als auf der Autobahn. Sie kamen zügig voran. Nach weiteren zehn Minuten erreichten sie die Stadtgrenze. Auch dort gab es eine Polizeikontrolle. Und auch dort ließ man sie passieren, nachdem Anne die Genehmigung vorgezeigt hatte.

„Wie genau habt ihr die eigentlich bekommen?“, fragte Papa, als er zum wiederholten Male miterlebte, welche Wunder das Papier bewirkte.

„Lange Geschichte“, antwortete Ron müde.

Anne sagte nichts. Ihr war nicht nach Geschichten. Weder langen noch kurzen. Sie konzentrierte sich einzig auf das Navigationsgerät des Land Rovers. Durch ausgestorbene Straßen fuhren sie Richtung Altstadt. Obwohl es noch gar nicht so spät war, befanden sich keine Menschen auf den Gehwegen. Nirgendwo. Alle Geschäfte waren geschlossen. Eine Stadt unter Quarantäne. Man konnte die Angst spüren. Anne wusste das alles, aber es zu erleben, war noch einmal etwas anderes. Ein Krankenwagen kam ihnen entgegen. Mit Blaulicht, aber ohne Sirene. Wen sollte er auch warnen? Bald gelangten sie in die Altstadt. Sie fuhren eine breite Allee entlang mit altehrwürdigen Bauten. In der Mitte verlief eine Busspur. An der nächsten Haltestelle warteten mehrere Leute mit Masken. Zwei davon trugen blaue Kittel. Krankenschwestern, die sich nach dem Dienst nicht einmal umgezogen hatten. Als Anne vorbeifuhr, blickte sie in erschöpfte Gesichter. Alle im Land Rover spürten die Beklemmung.

„Da vorne links“, sagte Ron, obwohl Anne es selbst auf dem Navi sehen konnte.

Sie bog ab, die Straßen wurden enger. Die Gehwege vor den zahlreichen geschlossenen Läden wurden nicht voller. Eine Polizeistreife patrouillierte zu Fuß, behelligte sie aber nicht. Als Papa neben ihr plötzlich husten musste, zuckte Anne zusammen, als ob man auf sie geschossen hätte. Erst da wurde ihr bewusst, wie angespannt sie war. Schließlich bog Anne in eine kleine Gasse. Während hinter ihnen ein weiterer Krankenwagen mit Blaulicht vorbeischoss, kamen sie vor dem Haus zu stehen, welches das Navigationsgerät als ihr Ziel identifiziert hatte.

„Sind wir da?“, fragte Papa irritiert. „Irgendwie hatte ich es anders in Erinnerung.“

„Ja“, sagte Monika. „Weil damals die Geschäfte und Bars geöffnet waren. Hier war immer viel los.“

In der Gasse war nichts los. Sie standen vor einem schmucklosen, aber gepflegten Altbau mit drei Etagen. Ein kleiner Balkon in der Mitte, ansonsten nur geschlossene Fensterläden. Im Erdgeschoss Ladenlokale, bei denen allesamt die Rollläden unten waren. Zwei dicht am Haus geparkte Autos waren mit Planen abgedeckt. In den Wohnungen brannte kein Licht, wie auch in den anderen Häusern kaum ein Zimmer erleuchtet war.

„Gibt'sss hier nur Ferienwohnungen, oder sind die alle schon tot?"

Hinter der Haustür, vor der sie standen, ging das Licht an. Die Tür öffnete sich.

„Paolo!", rief Papa erfreut.

Ron wollte ihn aufhalten, doch Papa stieg bereits aus. Dann auch Monika.

„Warte hier", sagte Ron zu Anne. „Ich check erst mal alles."

Er stieg aus. Anne blickte zum Drachen, der vorsichtig seine Nüstern an die Plastikscheibe zu Leonie presste.

„Atmet noch", sagte er fast schon enttäuscht. „Dasss ist allesss ein Alptraum."

Ein skurriler Alptraum. Anne sah zu, wie Papa sich lachend mit Paolo unterhielt, einem dunkelhaarigen Mann um die fünfzig mit Lachfalten an den Augen. Die beiden hatten sich offensichtlich schon immer gut verstanden. Anne konnte froh sein, dass sie sich nicht in den Arm nahmen. Paolo winkte Anne zum Gruß zu, die einfach nur nickte. Die kleine Gruppe ging ins Haus, Ron kam noch einmal kurz zu ihr.

„Ist es okay, wenn du hier wartest?"

„Ich warte gerne hier. Wenn es sein muss, die ganze Nacht."

„Solange der Plagegeist da hinten ausss dem Wagen kommt."

„Dir geht es nicht gut?", stellte Ron mehr fest, als dass er es fragte.

Anne seufzte. Sie sagte nichts.

„Ich gucke, was wir machen können."

Anne verstand nicht, was er damit meinte. Er erklärte es auch nicht, sondern eilte den anderen hinterher ins Haus. Anne nahm das Desinfektionsmittel aus ihrer Tasche und trug es großzügig auf ihre Hände auf. Sie hielt sich die

Hände vors Gesicht, inhalierte den Duft. Draußen ging eine Gestalt vorbei, den Kopf verborgen unter einem Hoodie. Ein verbotener Spaziergang vielleicht. Anne sah kurz das Weiß der Augen, als sie angeschaut wurde. Dann eilte die Person weiter.

Nein, Anne ging es nicht gut. Ihr ging es überhaupt nicht gut. Der Drache starrte sie an, als ob sie ihn geprügelt hätte. Sie griff nach ihrem Handy und rief Frau Kabongo an. Wenn sie die Nacht in dieser Stadt verbringen sollte, musste sie Argumente habe. Musste jemand mit dem Drachen reden. Doch sie gelangte nur auf die Mailbox. Frau Kabongo hatte ihr Handy ausgeschaltet.

Anne hatte kein Gefühl dafür, wie lange sie warten musste. Irgendwann kehrte Monika zurück. Sie sagte etwas davon, dass die Wohnungen perfekt für sie wären. Ron folgte. Gemeinsam weckten sie Leonie und halfen ihr aus dem Wagen. Ron legte ihr seinen Handrücken an die Stirn. Genauso hatte auch Annes Mutter früher ihre Temperatur überprüft. Seinem Gesichtsausdruck nach war das Mädchen heiß, dabei hatte er ihr ein fiebersenkendes Mittel gegeben. Leonie schaute sich benommen um, ging auf Ron gestützt ins Haus.

Irgendwann kam Ron ein zweites Mal nach draußen. Paolo begleitete ihn. Sie kamen nicht zum Land Rover, sondern gingen zu den abgedeckten Autos. Paolo zog eine Plane herunter, sodass ein alter Mercedes zum Vorschein kam. Er erklärte irgendetwas zu dem Auto. Ron ging einmal drum herum, nickte viel. Anne verstand nicht. War der Wagen kaputt? Hatte Ron Hilfe angeboten? Hatten sie nicht genügend eigene Probleme?

Als Paolo wieder im Haus verschwunden war, kam Ron zu Anne. Sie ließ widerwillig das Fenster herunter.

„Also“, begann er. „Oben ist alles top. Leonie kann sich da prima erholen. Wir hätten eine zweite Wohnung für euch. Aber … wir hätten auch ein Auto. Die Familie von Paolo hat zwei. Sie benutzen sie jetzt sowieso kaum. Wir könnten den Mercedes für zweihundert Euro leihen und in Berlin bei seinem Bruder abgeben."

„Du willst, dass wir morgen in Kolonne fahren?"

Ron zögerte kurz und erklärte dann: „Ich weiß nicht, was Leonie hat. Vielleicht ist es wirklich Corona. Vielleicht wird es schlimmer. Es kann gut sein, dass wir länger hierbleiben müssen. Ich dachte, dass du mit deinem Vater vorfährst. Wenn du willst und noch fit bist, vielleicht sogar heute Abend."

Es war der erste Moment an diesem Abend, in dem Anne Luft bekam. Weniger durch die Aussicht auf eine einigermaßen passable Lösung, als durch Ron selbst. Sie hatte für einen ganz kurzen Augenblick das Bedürfnis, ihn zu küssen. Vor Dankbarkeit. Ein Lächeln bekam sie immerhin hin.

„Du bist ein Guter", sagte sie.

Ron lächelte ebenfalls. Anne war noch nie aufgefallen, wie attraktiv er aussah, wenn er lächelte.

„Das liegt an dir. Du holst das Beste aus mir heraus."

Anne spürte eine Wärme, die sie nicht mehr kannte. Eine Wärme, die von innen heraus ihren verkrampften Körper lockerte. Die sie ausfüllte.

„Wäre das eine Möglichkeit?", hakte er nach.

„Was sagt mein Vater dazu?"

„Ich wollte erst mit dir darüber reden."

Anne verstand. Mit ihrem Vater musste sie selbst reden.

25

Anne stieg hinter Ron über die Marmorstufen des alten Treppenhauses her. Wenn man sich über das gusseiserne Geländer beugte, konnte man in der Mitte die drei Etagen nach oben blicken. Auf jeder Etage gab es zwei Wohnungen mit kunstvoll vertäfelten Türen. Vor einer standen leere Pfandflaschen, an einer anderen lag eine Fußmatte, auf der „Herzlich Willkommen" in zahlreichen Sprachen aufgedruckt war. Sie gingen Etage um Etage weiter. Ron schleppte außer dem Medizinkoffer eine große Tasche mit Lebensmitteln. Dazu befand sich ein gut gefüllter Rucksack auf seinem Rücken. Nach der Entscheidung für den Stopp in Modena hatte Monika das auf Sizilien vorbereitete Essen gesichtet und festgestellt, dass dies nicht für noch einen Tag reichen würde. Sie hatte Sorge gehabt, weil sie nicht wusste, wo sie in Modena einkaufen konnten oder ob sie es überhaupt durften. Offensichtlich war sie nicht so richtig im Bilde über „du weißt schon", denn Ron konnte zu der Sorge nur lachen. Er hatte natürlich vorgesorgt. Wahrscheinlich hatten sie genügend Konserven für drei Monate.

In der oberen Etage standen die Türen zu den beiden sich gegenüber liegenden Wohnungen offen. Ron wollte mit den Taschen in die rechte Wohnung, hörte aber Stimmen aus der anderen.

„Was machen die?", grummelte er. „In der Wohnung ist doch Leonie."

Das hatte Papa nicht daran gehindert, auch in der kontaminierten Wohnung „mal zu schauen“, wie er kurz darauf unbekümmert erklärte. Schließlich war das die Wohnung, in der sie auch im letzten Jahr gewesen waren. Anne blieb auf der Türschwelle stehen. Durch den schmalen, in warmen Farben gestrichenen Flur konnte sie vorbei an einem kleinen Bücherregal bis in die Wohnküche sehen. Dort stand ihr Vater am Fenster, wo er versuchte, durch die geschlossenen Läden zu blicken. Vom Flur gingen noch zwei weitere Zimmer ab. Die Türen waren geschlossen.

„Da liegt irgendwo die Virenbombe“, raunte der Drache hinter Anne.

„Papa, kommst du bitte mal?“

Papa ließ sich Zeit. Anne spürte, wie die Luft dünn wurde, während sie wartete. Sie glaubte, irgendwo unten im Haus ein Husten zu hören. Durch das Küchenfenster fiel das Flackern eines Blaulichts. Sie spürte die Omnipräsenz der Viren.

„Papa!“

„Ja, ja. Nicht so ein Stress, Mäuschen! Wir sind doch jetzt fein hier.“

„Das sind wir nicht“, zischte Anne im Chor mit dem Drachen.

Endlich war Papa an der Wohnungstür angekommen, gefolgt von Monika. Ihr Vater schaute Anne angesichts ihres Tonfalls erstaunt an.

„Lass uns rübergehen“, sagte Anne. „Wir müssen etwas besprechen.“

„Sag nicht, du willst nicht hierbleiben.“

Ihr Vater rührte sich keinen Zentimeter, blickte Anne kritisch an. Ron kam aus der anderen Wohnung dazu, wo er die Sachen abgestellt hatte.

„Wir wissen nicht, wie lange Leonie hierbleiben muss“, sagte Anne so geduldig, wie sie gerade noch konnte. Es war nicht sehr geduldig. „Du kannst aber nicht hierbleiben. Es ist zu riskant. Ron hat uns ein Auto besorgt, mit dem wir nach Berlin fahren können."

„Wer, wir?"

„Du und ich. Wir könnten es heute bis in die Schweiz schaffen. Ich bin ausgeschlafen und …"

„Auf keinen Fall!"

Er war für seine Verhältnisse geradezu aufgebracht, schüttelte unaufhörlich den Kopf.

„Papa!"

„Ich fahr nicht ohne Monika. Und schon gar nicht heute Abend. Hier sind wir doch sicher."

In dem Moment öffnete sich eine der Türen. Leonie erschien, blinzelte gegen das Licht im Flur. Der Drache sprang sofort ein Stück zurück. Anne ging ebenfalls in Habachtstellung, auch wenn sie mehr als zwei Meter von Leonie entfernt stand.

„Ich hab Durst", jammerte sie. „Mein Kopf dröhnt."

„Komm da weg, Papa!", rief Anne.

„Mann, ich hab doch nicht die Pest", sagte das Mädchen verzweifelt.

„Du bist aber ansteckend, Leo", erklärte Ron, während er zu ihr eilte. „Ich hol dir Wasser. Und das Schmerzmittel."

Papa war dem Mädchen immerhin ausgewichen und stand jetzt bei Anne.

„Tut mir leid, Anne. Ich kann auf mich selbst aufpassen. Du machst hier alle verrückt. Warum das Theater?"

Eigentlich wollte Ron Leonie zurück in ihr Zimmer führen, doch sie blieb nun noch einmal stehen.

„Wegen ihrem Waschzwang", sagte sie genervt zu Annes Vater. „Sie hat 'ne krasse Zwangsstörung. Checkst du das nicht? Du bist doch ihr Vater. Boah."

Mit diesen Worten ging sie kopfschüttelnd in ihr Zimmer. In Papas Gesicht ein großes Fragezeichen. Anne bekam nur kurz seine Reaktion mit, denn sie blickte längst zu Ron. Er war blass geworden.

„Leo, was soll das?“, rief er ihr irritiert hinterher. „Leonie!“

Sie war weg.

„Du hast es ihr gesagt“, stellte Anne tonlos fest.

„Nein!“

„Am Ende verraten sie dich alle“, zischte der Drache mit Grabesstimme.

„Ich weiß nicht, warum sie …“, stammelte Ron. „Ich weiß nicht … Leonie?“

Doch das Mädchen reagierte nicht mehr. Ron stand aufgewühlt in der Tür. Er hielt Annes enttäuschten Blick nicht aus. Bevor er etwas sagen konnte, schaltete Monika sich ein: „Stimmt das?“

Ihre Nachfrage war nicht böse gemeint, sondern von Sorge geprägt. Das machte es nicht leichter für Anne. Sie hätte nicht gedacht, dass ihr Bedürfnis zu verschwinden noch zu steigern gewesen wäre. Doch nun hatte nichts, aber auch gar nichts in diesem alten, verseuchten Haus einen Trost für sie. Sogar Ron war ihr in den Rücken gefallen.

„Es stimmt“, stellte ihr Vater fest, als ob es ihm wie Schuppen von den Augen fiele. „Das ist mir schon aufgefallen. Deine Reinlichkeit und deine Sorgen … Das ist alles eingebildet.“

Er blickte sie fragend an. Ron wollte dazwischengehen, doch Leonie rief nach ihm.

„Ich würde gerne heute Abend noch mit dir nach Deutschland fahren“, sagte Anne mühevoll beherrscht zu ihrem Vater.

„Das ist Quatsch. Das ist alles Quatsch. Es findet nur in deinem Kopf statt. Warst du damit mal beim Arzt?“

„Ich will darüber jetzt nicht reden. Ich will fahren.“

„Wir fahren nicht, Anne. Du musst dich ausruhen, runterkommen. Es ist alles nicht so schlimm."

Er lächelte sie an. Es war das Lächeln, das Anne explodieren ließ. Sein verdammtes Lächeln, das nichts in der Welt trüben konnte außer einer fehlenden Tasse Kaffee.

„Alles bestens, ja, Papa?"

„Was?"

„Du verstehst nichts. Gar nichts."

„Doch! Ich habe mal etwas darüber gelesen. Zwänge sind eine Krankheit, wie Depressionen."

Anne lachte laut.

„Sehr gut", sagte sie voller Spott. „Und hast du auch gelesen, woher solche Krankheiten kommen? Warum man sie plötzlich hat? Man weiß es nicht hundertprozentig, aber wenn jemand ein traumatisches Erlebnis hat, zum Beispiel, dass der eigene Mann aus dem Nichts heraus tot umfällt, und zack leidet man unter einem Zwang, dann gibt es da wohl einen Zusammenhang …"

„Du hast das schon seit Julians Tod?", fragte Papa erstaunt.

„Das Ding ist nur", fuhr Anne in ihrer Rage fort. „Nicht alle Menschen bekommen deswegen eine Zwangsstörung. Aber auffallend oft Menschen, die in der Kindheit nicht gelernt haben, mit Trauer umzugehen. Und komisch, weißt du noch, als Oma Isi gestorben ist? Die Frau, die für mich da war, wenn Mama und du gearbeitet habt. Die ich vergöttert habe."

„Was hat Mamas Mutter damit zu tun?"

„Mama konnte nicht trauern. Du noch viel weniger. Als Oma Isi gestorben ist, habt ihr gesagt, sie hat sich einen Virus eingefangen, und das war's dann halt. So ist es manchmal. Mehr habe ich nicht erfahren. Ihr habt mir den Mund verboten, wenn ich nachgefragt habe. Weinen durfte ich auch nicht, weil es die Mama traurig machte."

„Anne, was redest du denn da? Was hat das denn mit uns jetzt hier zu tun?“

Er wirkte gequält, doch Anne konnte sich nicht stoppen.

„Als Julian gestorben ist, habt ihr mich nicht einmal in den Arm genommen. Und als Mama gestorben ist, haben wir auch nicht darüber geredet. Du kannst nicht trauern, Papa. Du kannst nicht mit deinen Gefühlen umgehen. Und das macht mich fertig.“

„Deine Störung ist jetzt meine Schuld?“

Er war aufgebracht. So hatte Anne ihn noch nie erlebt. Es stachelte sie nur noch mehr an. Ron war derweil aus Leonies Zimmer zurückgekehrt.

„Leute“, versuchte er es mit einer Schlichtung. „Lasst uns doch erst mal …“

„Weißt du noch, dass ich nicht mehr in Oma Isis Wohnung wollte?“, redete Anne weiter auf ihren Vater ein. „Dass ich ihre Sachen nicht mehr anfassen wollte? Wir hatten diese alten Tassen von ihr. Wenn Mama sie auf den Tisch gestellt hat, habe ich nie daraus getrunken. Ist dir gar nicht aufgefallen? Ich war sechs. Ich habe nicht verstanden, was das mit dem ‚eingefangenen Virus‘ sein sollte. Ihr habt’s mir auch nicht erklärt. Aber ich wusste, dass ich keinen Virus wollte. Deswegen habe ich über Jahre nichts angefasst, was mit Oma Isi zu tun hatte. Nichts.“

Anne spürte die Tränen in den Augen, doch sie blinzelte sie weg. Sie wollte nicht weinen. Nicht vor ihrem Vater.

„Das ging wieder weg“, sagte sie. „In der Pubertät. Ich habe irgendwann überhaupt nicht mehr dran gedacht. Aber meine Therapeutin … Ja, ich habe eine Therapeutin, seit zwei Jahren. Sie kann sich gut vorstellen, dass das der Anfang war. Als Julian gestorben ist, kam es mit voller Wucht zurück.“

Vom Drachen wollte sie gar nicht erst anfangen. Sie bereute es längst, dass sie Ron von ihm erzählt hatte.

„Seitdem ist mein Leben die Hölle."

„Warum hast du mir das nie gesagt?", fragte Papa.

Es war keine Sorge in seiner Stimme. Es war ein Vorwurf.

„Weil du mich nicht ernst genommen hättest. Genau wie jetzt. Genau wie immer."

„Das ist doch albern."

„Genau! Es ist alles albern. Ich komme mit dieser ganzen Zwangsscheiße im Gepäck in ein verseuchtes Land, um *dich* zu holen. Um *dich* vor Corona zu schützen, was nebenbei gesagt nichts Eingebildetes ist. Und alles, was ich von dir höre, ist, dass ich mich nicht so anstellen soll. Kein Wort des Dankes oder …"

„Ich hab' dich nicht gebeten herzukommen."

Anne verstummte. Es war eine Ohrfeige. Das spürten sogar die anderen.

„Rainer!", rief Monika.

„Was denn? Wieso bin ich jetzt plötzlich an allem schuld, was in ihrem Leben schiefgelaufen ist? Und es stimmt: Ich habe sie nicht gebeten, herzukommen. Ich …"

Er stockte, weil Anne an ihm vorbei zu Ron gegangen war. Sie streckte ihm ihre Hand entgegen.

„Hast du die Autoschlüssel für den Mercedes?", fragte sie ihn.

„Ja, aber was …?"

„Gib sie mir. Und die für den Land Rover. Ich muss meine Sachen rausholen."

„Du willst alleine fahren?", fragte Ron.

Ein spöttisches Lachen ihres Vaters.

„Hör doch mal auf mit dem Drama, Anne!"

Eine Träne entkam. Anne konnte sie nicht aufhalten, blickte mit ihr auf der Wange Ron stur ins Gesicht. Sie hasste ihn. Es war keine zehn Minuten her, dass sie zum ersten Mal seit Jahren wieder ein Gefühl für einen Mann zugelassen hatte, und schon flog es ihr um die Ohren.

„Ich komme mit runter“, sagte er.

Anne drehte sich um. Ohne einen weiteren Blick in Richtung ihres Vaters eilte sie aus der Wohnung und dann die Treppen runter.

„Anne!“, rief Papa ermahnend.

Anne ignorierte ihn. Sie ignorierte alles. Sie hörte auch nicht Rons Worte, während er half, ihren Koffer aus dem Land Rover zu holen und ihn in den Mercedes zu laden. Sie sah nur den Drachen. Er saß auf dem Beifahrersitz des neuen Wagens. Er nickte immer wieder, blickte Anne mit seinen klaren blauen Augen voller Stolz an. Es war richtig, was sie tat. Es war die beste Entscheidung seit Tagen. Noch während Ron etwas davon sagte, dass sie unbedingt in Kontakt bleiben sollten, stieg Anne in den Wagen. Sie knallte die Tür zu und sperrte Rons Stimme aus. Endlich Ruhe.

Anne steckte den Schlüssel in die Zündung, der Wagen sprang an, sie fuhr los. Durch die dunkle Gasse zur größeren Straße. Ohne noch einmal zurückzuschauen.

„Ich sagsss nur ungern“, zischte der Drache nach einigen Metern. „Aber der Wagen ist allesss andere als keimfrei.“

Anne stoppte mitten auf der leeren Straße. Sie stieg aus, öffnete den Kofferraum und dann ihren Koffer. Mit einem vollen Kanister Desinfektionsmittel kam sie zurück. Sie kippte das Zeug ansatzlos auf das Armaturenbrett. Sie kippte es auf das Lenkrad, auf die Sitze, an die Fenster. Als der Kanister leer war, holte sie noch einen zweiten. Es war wie ein Rausch. Wie ein Feuerteufel, der Benzin vergoss, um die ganze Welt anzuzünden. Sie verteilte das Desinfektionsmittel im Wagen, bis ihr von den Dämpfen fast schlecht wurde. Dann warf sie die leeren Kanister auf den Rücksitz, schnallte sich an und fuhr los. Sie würde nicht stoppen, bevor sie dieses verdammte Land hinter sich gelassen hatte.

26

So einfach war es natürlich nicht. Auch am westlichen Stadtausgang wartete die obligatorische Polizeikontrolle auf Anne. Doch das machte ihr keine Angst. Touristen durften ausreisen. Man würde sie nicht aufhalten können. Als sie das Fenster herunterließ, stöhnte die Polizistin angesichts der Dämpfe, die ihr entgegenströmten. Die um wenige Jahre ältere Frau sagte hinter ihrer Maske etwas auf Italienisch, in dem „Disinfettante“ vorkam, und lachte. Anne antwortete auf Englisch, dass sie nach Deutschland wollte und zeigte der Frau ihren Ausweis. Sie hatte keine Zeit für Scherze. Die Polizistin schaute sich den Pass an und nickte ernster.

„Wenn Sie jetzt die Stadt verlassen“, sagte sie auf Englisch, „dann kommen Sie nicht wieder rein.“

„Das ist kein Problem.“

Die Polizistin reichte Anne den Pass und trat zurück. Anne gab Gas. Sie schob den Pass zurück in ihre Handtasche. Dabei fiel ihr ein weißer Zettel auf, der beim Rausziehen auf die Mittelkonsole gefallen war. Sie nahm den Zettel. Es war der amtliche Freifahrtschein der Polizia in Piacenza. Ron hatte ihn Anne in die Tasche gesteckt, ohne, dass sie es gemerkt hatte. Sie seufzte. Der Mann versuchte alles, um ihr zu helfen.

„Er hat dich verraten“, zischte der Drache sofort. „Vergissss ihn.“

Mit seinen Vorderbeinen hinter dem Kopf lehnte er sich zurück. Ausgestreckt passte er kaum auf den Beifahrersitz, stieß mit den Hörnern an die Decke. Wahrscheinlich überragte er mit seiner neuen Größe mittlerweile sogar Anne. Sie atmete tief durch und fuhr weiter über die Landstraße. Der Krampf in ihrem Hals wollte sich dennoch nicht lösen. Sie nahm ihr Handy und versuchte es noch einmal bei Frau Kabongo. Wieder nur die Mailbox.

„Wassss willst du noch von der?", fragte der Drache. „Du brauchst sie nicht. Du brauchst niemanden. Wenn diese Reise einsss gezeigt hat, dann ja wohl, dasss du dich nur auf dich selbst verlassen kannst."

Natürlich hatte der Drache recht. Doch warum fühlte sich ihre Freiheit dann nicht besser an? Warum freute sie sich nicht über die Aussicht, ein Auto für sich alleine zu haben? Ohne Rücksicht auf andere, ohne Versteckspiel, ohne Besserwisserei ihren Weg gehen zu können. Fahren zu können, nachts, allein, nur mit ihren Gedanken. So, wie sie es mochte. Warum freute sie sich nicht auf Berlin? Auf ihre Wohnung?

Das Handy klingelte. Anne war erleichtert. Ihre Therapeutin würde Antworten haben. Sie nahm das Telefon aus der Handtasche und hielt es ans Ohr.

„Frau Kabongo?"

„Wer ist Frau Kabongo?"

Leonie. Das war der Grund, warum Anne sonst *immer* auf das Display schaute, bevor sie ein Gespräch annahm.

„Ich will nicht mit dir reden", sagte Anne.

„Warte!", rief Leonie. „Ich muss mich bei dir entschuldigen. Ich hätte das nicht sagen dürfen."

Anne wollte eigentlich auflegen, doch sie wollte auch etwas loswerden.

„Im Gegenteil! Das war gut, Leonie. Endlich kam mal

alles auf den Tisch. Alles, was ich viel zu lange für mich behalten habe. Ich bin dir dankbar."

„Klingst aber angepisst."

„Die Enttäuschung schmerzt schon. Besonders über deinen Vater."

„Was hat er jetzt damit zu tun?", fragte Leonie irritiert.

„Er hat mich verraten!"

„Häh!? Er reißt sich die ganze Zeit den Arsch auf, damit es dir gut geht."

„Er war der einzige Mensch, der von meiner Zwangsstörung wusste. Weil ich ihm vertraut habe. Und er hat geschworen, dass er es niemandem erzählt."

„Bist du irgendwo gegengelaufen? Er hat doch nichts gesagt. *Ich* war das."

„Und woher weißt du es? Mh?"

Leonie blieb für einen Moment stumm, dann musste sie lachen.

„Du hältst mich für blöd, oder?", fragte sie. „Ich krieg doch seit Tagen alles mit. Wie du nix anfasst, ständig duschst, überall desinfizierst. Und okay, ich hab im Wohnwagen ein bisschen geschnüffelt und die Kanister mit dem Desinfektionsmittel in deinem Koffer gesehen. Spätestens da war alles klar. Ich mein, ich hab 'nen Onkel, der so etwas hat."

Rons Schwager war Leonies Onkel. Sie kannte die Krankheit. Sie hatte sie nicht übersehen können, vielleicht sogar schon vor Ron kapiert, was los war. Anne kam sich ziemlich doof vor.

„Jetzt check ich, was Papa da quatscht. Er sagt die ganze Zeit, du hast ihm nicht zugehört, als er dir das erklärt hat. Ey, er leidet wie Sau, seit du los bist. Er macht sich eine Riesenplatte, ob's dir gut geht. Außerdem hat Oma deinen Vater rundgemacht, der sitzt irgendwo drüben schmollend in der Ecke. Und jetzt mal ehrlich: Ohne dich können wir nur stundenweise fahren, wenn wir hier überhaupt je wegkommen. Du hast den Laden zusammengehalten. Ich sag's nur ungern, aber: Wir brauchen dich."

„Leg auf!", rief der Drache.

Er blickte sie bedrohlich an, rückte mit seinem Maul näher an Annes Gesicht.

„Du darfst beim Fahren gar nicht telefonieren", appellierte er an ihren Ordnungssinn.

„Bist du noch da?", fragte Leonie.

„Ich kann das nicht", hauchte Anne ins Telefon und drückte das Gespräch weg.

Der Drache grinste breit.

„Sehr gut", sagte er und lehnte sich wieder zurück.

Die Autobahn war bereits ausgeschildert. Anne war in einer schlichten Wohngegend am Stadtrand unterwegs. Hochhäuser, die Straße war zweispurig mit einem grünen Mittelstreifen. Man konnte sowieso nicht wenden.

„Du denkst nicht ernsthaft darüber nach?", fragte der Drache scharf.

„Ich habe Ron Unrecht getan."

„Dasss ist unerheblich. Du brauchst diese Leute nicht."

Anne bremste.

„Anne!"

Der Mercedes kam zum Stehen, hielt mitten auf der Straße.

„Fahr weiter!"

Eine Schwefelwolke flog in ihre Richtung. Sie schaute den Drachen nicht an. Sie sah nur Ron. Sie hörte sein Lachen.

„Anne!"

Sie gab Gas und wendete den Wagen. Rumpelnd fuhr sie über den Mittelstreifen. Der Drache fauchte sie wütend an.

„Du wirst sterben."

Sie bremste erneut, spürte ihren Herzschlag im Hals.

„Ich kann nicht immer weglaufen", stieß sie hervor.

„Natürlich kannst du dasss. Du musst."

Sie blickte den Drachen an. Er wirkte übermächtig, sein Kopf drückte gegen die Wagendecke. Seine Nüstern waren direkt vor ihrem Gesicht. So konnte sie nicht klar denken. Sie schnallte sich ab und stieg aus. Sofort war der Drache bei ihr auf der Straße. Bedrohlich baute er sich vor ihr auf.

„Nur, wenn du jetzt weiterfährst, kann ich auf dich aufpassen. Nur dann bist du sicher. Vor den Viren und vor den Menschen."

„Aber ich brauche Menschen!", schrie Anne. „Ich vermisse sie."

„Menschen wie deinen Vater? Der dich verachtet? Der sich einen Dreck um dich schert?"

„Ich habe noch nie so mit ihm geredet. Es ist etwas bei ihm passiert."

„Er hat dich beschimpft. Beleidigt."

„Hat's auch noch nie gegeben. Das ist alles neu. Vielleicht haben wir jetzt die Chance, miteinander zu reden. Ehrlich zu sein."

Der Drache lachte verächtlich. Ein Feuerstrahl schoss dabei in den Himmel. Anne stand mit der riesigen Echse mitten auf der Straße und rang nach Luft, während der Drache um sie herumstreifte.

„Dasss glaubst du doch nicht. Er wird dich wieder enttäuschen. Er wird dich immer wieder enttäuschen. Sie alle werden dich enttäuschen."

„Ron nicht!", rief Anne. „Er ist anders."

„Ron ist ein Idiot, der Angst hat, dasss morgen die Welt untergeht."

„Oh, und Angst finden wir lächerlich, ja?"

„Esss ist andersss alsss bei dir."

„Ja, genau. Im Gegensatz zu mir sorgt er sich um andere. Bei *meiner* Angst geht es nur um mich."

„Tsss!"

„Ron versteht mich. Er passt auf mich auf. Besser als du."

Der Drache fauchte, richtete sich zu voller Größe auf und starrte sie durchdringend an. Anne hielt es aus, blickte ihm tief in die Augenschlitze.

„Ron hat nichts falsch gemacht", betonte Anne. „Nichts!"

„Okay, Darling", sagte der Drache freundlich. „Ein neuer Mann in deinem Leben. Einer, der dir guttut. Einer, der dich glücklich macht. Juhu."

Er lächelte von oben auf sie herab, doch dann wurde das Lächeln zu einer Fratze.

„Einer, der jeden Moment tot umfallen kann. Dasss überlebst du nicht noch einmal."

Sie spürte es. Das Gefühl von damals, als Julian gestorben war. Den Schmerz, die Wut, die Leere. Alles auf einmal. Sie spürte ihre Angst vor all dem. Die Dunkelheit.

„Ich helfe dir", flüsterte der Drache schmeichelnd. „Wenn du auf mich hörst, dann bist du sicher."

Er schmiegte sich an sie. Seine harten Schuppen drückten sanft gegen ihre Beine, ihren Rücken, gaben ihr einen Panzer. Er war überall. Anne wurde warm. Doch das kam nicht vom Drachen. Seine Haut war kalt. Die Wärme kam von innen. Sie kam aus Anne. Ron.

„Die Angst ist anders als sonst", stellte Anne fest. „Nicht mehr deine Abteilung."

„Wasss?"

„Es ist keine lähmende Angst. Da ist noch mehr: Hoffnung, Glück, Wärme."

Sie hielt ihre Hand auf ihre Brust, spürte es. Spürte die Wärme immer intensiver. Sie musste lächeln. Der Drache fletschte die Zähne.

„Das eine ist der Preis für das andere", sagte Anne. „So ist das Leben. Das ist das Leben. Das ist Leben."

Sie langte nach dem Türgriff. Der Drache schrie, spuckte einen riesigen Schwall Feuer aus. Anne hielt erschrocken inne, doch das Feuer traf sie nicht. Es war, wie Frau Kabongo sagte: Der Drache konnte sie unter Druck setzen, aber er konnte sie nicht verletzen. Er stand riesengroß vor ihr, wütete und fauchte unaufhörlich. Ein beängstigendes Schauspiel. Anne wurde ganz ruhig.

„Komm mal mit", sagte sie.

Entschlossen ging sie hinter das Auto und öffnete den Kofferraum. Der Drache schwirrte um sie herum, schimpfte und zischte.

„Ich weiß, dass ich dich nicht loswerde", sagte sie entschlossen. „Aber ich habe hier immer noch das Sagen. Und ich bestimme, wo dein Platz ist."

Sie deutete in den Kofferraum.

„Dasss kannst du nicht machen", zischte der Drache verächtlich. „Du brauchst mich."

„Ja. Aber du brauchst mich noch viel mehr. Ohne mich gibt es dich nicht. Also los!"

Sie zeigte energisch auf den Platz neben ihrem Koffer. Der Drache spuckte noch einmal Feuer, tobte, so laut er konnte. Doch als er merkte, dass es keinerlei Auswirkungen auf Anne hatte, sprang er hoch und schoss hinab, schrumpfte im Flug auf die Größe einer Katze und landete im Kofferraum. Anne knallte sofort die Klappe zu und atmete tief durch.

Zehn Meter von ihr entfernt stand eine ältere Dame auf dem Gehweg. Sie hatte einen Dackel an der Leine und eine glimmende Zigarette im Mundwinkel. Sie sagte nichts. Anne hatte keine Ahnung, wie lange die Frau dort schon gestanden hatte, ob sie Zeugin des gesamten Streits geworden war. Es war Anne egal.

„Geht doch", sagte sie zu der Frau. „Buonasera."

Dann stieg sie in den Wagen und fuhr los in Richtung Altstadt.

27

„Signora, ich habe Ihnen doch gesagt: Wenn Sie rausfahren, kommen Sie nicht wieder …“

Bevor die Polizistin ausreden konnte, hielt Anne ihr den Freifahrtschein unter die Nase. Die Frau nahm ihn und las.

„Okay“, fuhr die Polizistin auf Englisch fort. „Aber Sie wollten nach Deutschland. Warum fahren Sie zurück?“

„Wir machen alle Fehler, oder?“

Die Frau nickte verstehend.

„Hat es etwas mit einem Mann zu tun?“

Anne musste lachen.

„Vielleicht.“

„Ist er es wirklich wert?“

„Das gilt es, herauszufinden.“

Die Polizistin lächelte. Ein kurzer Moment der Verbundenheit unter zwei Frauen. Dann bekam Anne das Papier zurück.

„Passen Sie auf sich auf!“, sagte die Polizistin und winkte sie weiter.

Anne nickte ihr dankbar zu und fuhr los. Ja, sie würde auf sich aufpassen.

Modena war noch genauso ausgestorben wie bisher in dieser Nacht, doch Anne sah die Stadt mit anderen Augen. Wenn sie genauer hinschaute, dann entdeckte sie die vielen Lichter hinter den Fensterläden und Gardinen. Warmes Licht. Sie sah, dass die Menschen zu Hause blieben, um aufeinander aufzupassen. Um gemeinsam gegen das Virus zu kämpfen. Um etwas zu verändern. Die Leere war nicht nur beängstigend, sie war auch ein starkes Zeichen von Solidarität. Es war ein Zeichen, dass man etwas tun konnte. Gemeinsam.

Als sie in die Gasse mit den Ferienwohnungen bog, war es auch dort heller geworden. Aus mehreren Fenstern in der obersten Etage des Altbaus fiel Licht nach draußen. Der Land Rover stand mitsamt Anhänger auf dem Platz des Mercedes. Anne parkte vor einem der geschlossenen Läden. Kaum, dass sie ausgestiegen war, sprang die Haustür auf. Ron.

„Ist alles okay mit dir?“, rief er besorgt.

Anne lächelte. Sie freute sich über ihn, wie sie sich lange nicht mehr über einen Menschen gefreut hatte.

„Alles okay“, sagte sie im Näherkommen.

Sie trafen sich auf halbem Weg. Er musterte sie, als ob er nach Verletzungen suchen würde.

„Es ist alles okay“, sagte sie noch einmal.

„Warum bist du zurückgekommen?“

„Ich wollte dich etwas fragen.“

Ron stutzte. Seine Augen funkelten im fahlen Licht, das aus dem Hausflur fiel.

„Was denn?“, fragte er.

„Magst du mich?“

„Ja“, sagte er sofort. „Sehr sogar.“

„Vielleicht können wir ja Freunde werden“, antwortete Anne erfreut.

„Ja.“

„Vielleicht sogar mehr“, sagte sie und spürte ihr Herz schneller schlagen. „Ich weiß zwar nicht, ob ich … Also, es ist verdammt lange her, dass ich irgendwas mit jemandem…“

Sie zuckte mit den Schultern.

„Bei mir auch“, sagte er und wurde langsam ruhiger.

„Ja, aber du bist nicht so verrückt wie ich. Ich habe so viele Regeln, so viele Ängste und ich …“

„Wie gesagt“, unterbrach Ron. „Ich bin der letzte, der jemandem wegen irgendwelcher Ticks Vorwürfe macht.“

„Bunker und Konservendosen sind aber keine Beziehungskiller. Ich weiß nicht mal, ob ich dich küssen könnte.“

„Würdest du mich gerne küssen?“

„Ja, aber …“

Ron küsste sie. Raue Lippen auf ihren. Sein Bart streichelte ihr Kinn. Ein warmer Strahl, der durch ihren Körper schoss. Ein kurzer Kuss, nachdem Ron sich langsam wieder löste.

„Ging das?“, fragte er.

Anne fühlte in sich hinein. Sie lächelte.

„Es gibt einen Teil in mir, der jetzt gerne eine Flasche Desinfektionsmittel trinken würde, aber …“

Sie beugte sich vor und küsste Ron von sich aus. Sie wollte mehr von seiner Wärme. Sie küssten sich intensiver. Feuchte Lippen, zarte Berührungen mit der Zunge, Wärme, nein, Hitze überall. Puls bis in die Haarspitzen. Es war, als ob Annes Körper aus dem Winterschlaf erwachte. Sie löste sich wieder und strahlte Ron an.

„Auf jeden Fall kann man damit arbeiten“, flüsterte sie.

Ron lachte laut. Sie liebte dieses Lachen. Er hatte sie beim Küssen an den Händen genommen, hielt sie auch jetzt noch fest.

„Willst du hierbleiben?“, fragte er vorsichtig.

„Ja“, sagte Anne.

„Gut“, sagte er. „Dann hole ich deinen Koffer aus dem Auto.“

Anne konnte überhaupt nicht mehr aufhören zu strahlen. Als Ron zum Wagen kam und den Kofferraum öffnete, rief sie: „Vorsicht! Da ist ein Drache drin. Aber nur ein ganz kleiner.“

„Tsss“, machte der Drache, als er aus dem Wagen hüpfte.

Missmutig latschte er an ihr vorbei ins Haus. Ron nahm den Koffer heraus und kam zu ihr zurück.

„Wie geht's Leonie?“, fragte Anne.

„Etwas besser. Das Fiebermittel.“

„Sie hat mich angerufen.“

Ron blickte sie erstaunt an.

„Ohne sie wäre ich jetzt nicht hier“, sagte Anne.

„Wow“, sagte Ron. „Das Mädchen ist voller Überraschungen.“

Während er mit einer Hand mühelos ihren Koffer balancierte, nahm er mit der anderen Annes Hand. Es machte Anne keine Angst. Gemeinsam gingen sie ins Haus.

28

Papa und Monika saßen bei einem improvisierten Abendessen in der gemütlichen Wohnküche ihres Apartments, als Anne, gefolgt von Ron, hereinkam. Sie hatten längst mitbekommen, dass die verlorene Tochter zurückgekehrt war. Monika freute es sichtlich. Annes Vater jedoch saß verunsichert am Küchentisch.

„Hallo, Papa!", sagte Anne. „Es tut mir leid, was ich dir vorhin an den Kopf geknallt habe. Natürlich bist du nicht an allem schuld, was in meinem Leben schiefläuft."

Zu dem Schluss war sie längst gekommen, während sie durch Modena gefahren war. Es stimmte, was sie aus ihrer Kindheit berichtet hatte, aber Frau Kabongo hatte ebenfalls gesagt, dass es viele Faktoren gäbe, die Zwänge bei Menschen auslösten. Ihre Kindheit war *ein* Faktor, aber für Julians Tod konnte Papa nun wirklich nichts. Ihr Vater schaute Anne lange ernst an, dann winkte er sie zu sich.

„Komm! Setz dich zu uns. Du musst etwas essen."

„Ich würde mir gerne erst die Hände waschen."

Papa lächelte kurz, dann nickte er. Ron zeigte ihr den Weg ins Bad, wo sie sich gründlich die Hände wusch. Der Drache saß dabei unter dem Waschbecken, blinzelte einmal müde zu ihr hoch, sagte aber nichts.

Als Anne in die Küche zurückkehrte, hatten Monika und Papa etwas Platz auf dem alten Holztisch gemacht und ihn sorgfältig abgewischt. Er stand in der Mitte des

Raums, umgeben von der Küchenzeile und einer Anrichte. Während die Küche selbst etwas in die Jahre gekommen schien, waren die Geräte hochmodern, Edelstahl, blinkende Digitalanzeigen. Ron stellte noch ein weiteres Gedeck für Anne auf den Tisch und setzte sich dann ebenfalls. Anne nahm neben ihrem Vater Platz.

„Iss von den frischen Sachen", sagte Papa. „Keine Ahnung, wie alt dieses Trockenfutter von Ron ist."

Er deutete auf die weißen Energieriegel, die Ron mehr zur Anschauung aus seinem Proviantvorrat geholt hatte, als dass sie davon essen sollten.

„Hält dafür aber zwanzig Jahre."

Alle mussten schmunzeln. Anne stellte fest, dass sie großen Hunger hatte. Seit dem Mittag hatte sie nichts mehr gegessen. Also nahm sie sich von den Melonen mit Schinken, die Monika vorbereitet hatte. Die Mischung aus salzig und süß schmeckte himmlisch.

„Wie geht es dir?", fragte Papa.

Anne spürte sofort den Kloß im Hals. Sie konnte sich nicht erinnern, dass er sie das je gefragt hatte. Und wenn, dann hatte er es nie so ernst gemeint wie in diesem Moment. Sie wusste, dass er im Entschuldigen noch viel schlechter war als im Gefühle zeigen. Diese Frage war seine Art, sie um Verzeihung zu bitten. Ihr zu zeigen, dass er etwas verstanden hatte, dass er etwas angenommen hatte. Die Frage allein, sein Blick dabei, es bedeutete Anne die Welt.

„Bestens, Papa."

Er lächelte, nickte verstehend. Dann legte er ihr die Hand auf den Arm.

„Schön, dass du wieder da bist."

Dann aßen sie. Und sie redeten. Nicht über Annes Vorwürfe, nicht über ihre Flucht oder über die Gründe für ihre Rückkehr. Nein, sie redeten über das Essen, über Astronautennahrung, über die Sehenswürdigkeiten von

Modena, über die Reisen, die ihre Eltern noch planten für die Jahre, die kommen würden. Anne genoss es. Sie genoss diesen Abend wie lange keinen mehr mit ihrem Vater.

Irgendwann bekam Ron eine SMS von Leonie, die ihn zu sich bat. Anne ging kurzerhand mit hinüber in die andere Wohnung. Ron stattete sie und auch sich mit Masken aus, bevor sie das Krankenzimmer betraten. Ein kleiner Raum mit ockerfarbenen Wänden, einem Doppelbett, das fast an die Wände stieß, und einem alten Kronleuchter. Leonie lag erschöpft im Bett und tippte auf ihrem Handy herum. Anne blieb in der Tür stehen. Als Leonie sie sah, machte sie große Augen.

„Ich glaub, ich halluzinier jetzt auch noch“, murmelte sie.

„Ich bin wirklich zurückgekommen“, entgegnete Anne.

„Und wie ich gehört habe, bist du daran nicht ganz unschuldig“, ergänzte Ron.

„Krieg ich deswegen jetzt Ärger?“

Ron lachte.

„Nee, Leo, ganz sicher nicht.“

„Cool. Und cool, dass du wieder da bist“, sagte Leonie zu Anne.

„Geht es dir besser?“, fragte sie das Mädchen.

„Wenn ich die Tabletten schlucke, geht's. Aber ich bin so schlapp, und mein Kopf dröhnt. Echt nicht schön.“

„Gut, dann schimpfe ich später mit dir wegen der Schnüffelei in meinem Koffer.“

„Sorry.“

Leonie blickte Anne übertrieben lieb an. Ron schaute sie fragend an. Anne winkte ab.

„War letztlich für einen guten Zweck.“

Ron ließ es mal so stehen und wandte sich an Leonie.

„Warum hast du mich gerufen?“

„Matteo hat geschrieben.“

Anne wusste, dass sie ihm schon früher am Tag eine Nachricht geschickt hatte. Bisher ohne Antwort.

„Er liegt auch flach. Hat jetzt erst sein Handy gecheckt und meine Nachricht gesehen. Es ist wie bei mir: Kopfschmerzen, schlapp und Schnupfen."

„Dann hast du es auf jeden Fall von ihm", entfuhr Ron mit einem Seufzen.

„Aber Papa: Nur Schnupfen. Kein Husten oder so. Geschmackssinn ist noch da."

„Es kann trotzdem Corona sein", sagte Ron bedauernd.

„Ja, deswegen schieben seine Eltern auch Panik. Die sind nicht so entspannt wie ihr."

Sie grinste Anne frech an.

„Und die haben einen Arzt geholt, der auch so 'ne Probe von Matteo genommen hat. Ergebnis kommt morgen. Dann wissen wir's genau."

„Okay", sagte Ron. „Das ist gut. Willst du noch etwas essen?"

„Nur schlafen."

Ron nickte. Leonie schaute noch einmal zu Anne.

„Ist dein Vater jetzt auch ein bisschen netter zu dir?"

„Ist er. Väter können dazulernen."

„Meinst du echt?", fragte Leonie übertrieben skeptisch.

„Ich bin noch im Raum", sagte Ron.

Alle mussten lachen.

„Papa, du bist eh der Beste", sagte Leonie in ihrem Mädchentonfall. „Es ist so doof, dass wir uns in den letzten Jahren nie gesehen haben."

Da wurde auch Ron schlagartig wieder ernster. Er schaffte es zwar noch, ein Lächeln auf sein Gesicht zu zaubern, aber Anne sah ihm die Traurigkeit über die verlorenen Jahre an.

„Das ändert sich ja jetzt", stellte er fest.

Leonie nickte eifrig.

Während Ron Leonie etwas zu trinken holte, ging Anne zurück in die andere Wohnung. Monika hatte die Küche aufgeräumt und wollte mit Papa in Richtung Bett. Man wünschte sich eine gute Nacht. Anne suchte im Küchenschrank alle Putzutensilien zusammen und machte sich dann in dem ihr zugewiesenen Zimmer an die Arbeit. Auch ihre „Camera" war nicht besonders groß und eher schlicht eingerichtet. Ein Doppelbett mit Hockern als Nachttischen, ein Ikearegal, ein Stuhl, eine Kleiderstange. Zweckmäßig, einfach zu reinigen. Sie wischte und desinfizierte, bis der Drache einigermaßen zufrieden nickte. Es klopfte an der Tür.

„Ja?"

Ron schaute herein, sah sie mit dem Desinfektionsmittel in der Hand. Er blieb draußen stehen.

„Brauchst du Hilfe?"

Anne schüttelte den Kopf.

„Die Dusche ist jetzt auch frei", sagte er. „Die Eltern haben sich zurückgezogen."

„Okay", sagte Anne.

„Und … mh … ich gehe jetzt rüber. Ich schlafe im anderen Zimmer drüben."

Anne nickte erneut. Ron stand unschlüssig herum, dann wollte er gehen.

„Ron?"

„Ja."

„Es ist nicht so, dass ich dich nicht bei mir haben möchte. Sehr sogar. Aber ich muss es langsam angehen."

„Natürlich. Ich erwarte überhaupt nichts."

„Aber du hast gehofft."

Er lächelte. Sie lächelte. Anne wollte ihn. So sehr. Sie dachte kurz darüber nach, ob sie ihn nicht einfach mit unter die Dusche nehmen sollte. Aber sie hatte Angst, dass es komisch werden konnte. Mit den Eltern und seiner kranken Tochter im Haus würden sie kaum Möglichkeiten haben, daran zu arbeiten.

„Die Zeit wird kommen“, sagte Anne. „Ich bin mir sicher. … Schlaf gut.“

„Du auch.“

Mit diesen Worten ging Ron davon. Anne seufzte. Dann ließ sie sich aufs Bett fallen. Ein verdammt langer Tag kam endlich zu seinem Ende. Mitten in der roten Zone.

29

Matteos Coronatest fiel negativ aus. Auch Leonie ging es am nächsten Tag besser. Das Fieber war deutlich gesunken. Sie hatte lediglich einen fiesen Schnupfen, verbrauchte Taschentücher am laufenden Band. Selbst der Drache musste zugeben, dass sie sich wohl nicht mit dem Coronavirus infiziert hatte. Ansteckend war sie dennoch, weswegen sie in ihrem Zimmer blieb. Das Mädchen schlief weiterhin viel und war so erschöpft, dass sie bald beschlossen, eine weitere Nacht in Modena zu bleiben. Paolo freute es. Den Tag über blieben alle in den Wohnungen. Lediglich Ron ging kurz mit dem Freifahrtschein nach draußen, um Papa eine Zeitung und allen anderen frisches Fleisch und Gemüse zu besorgen.

Irgendwann begann Monika, Anne Fragen über ihre Zwangserkrankung zu stellen. Sensible Fragen mit dem Hintergrundwissen einer Krankenschwester. Sie nahmen Anne schnell das Unbehagen beim offenen Reden über ihre Krankheit. Ron, aber auch ihr Vater saßen bald mit am Küchentisch und lauschten aufmerksam. Anne berichtete, wie alles damals angefangen hatte, nachdem Julian gestorben war. Wie sie selbst erst gar nicht gemerkt hatte, dass sie sich immer absurder verhielt, um Berührungen mit Menschen und Gegenständen zu vermeiden. Erst als eine Kollegin im Steuerfachbüro eine Bemerkung über Annes Spießrutenlauf machte, wurde es Anne bewusst. Und dadurch noch schlimmer. Sie hatte unfassbare Angst, sich mit irgendetwas zu infizieren. Berichte über Ebolaausbrüche und andere Epidemien verstärkten alles noch. Deswegen zog der Drache bei ihr ein. Er versprach, auf Anne aufzupassen. Er achtete auf ihre Hygiene, reduzierte die sozialen Kontakte, erschuf sichere Zonen und Rituale. Die anderen hörten staunend zu, als Anne berichtete, welchen Ablauf sie jedes Mal durchlief, wenn sie von draußen in ihre Wohnung kam. Der Drache half ihr. Es ging ihr besser mit ihm. Zumindest, was die Angst anging.

Doch als er sie mehr und mehr darin hinderte, zur Arbeit zu gehen, wurde er gleichzeitig zu einem Problem. Anne konnte und wollte ihren Job nicht verlieren. Sie hatte immer mehr Fehlzeiten, konnte ihr Verhalten im Büro kaum noch vertuschen, bekam kritische Fragen von ihrem Chef gestellt. Das war der Zeitpunkt, an dem sie sich für eine Therapie entschied. Frau Kabongo war eine der besten Entscheidungen der letzten Jahre. Sie schaffte es zwar nicht, den Drachen zu vertreiben, aber sie half Anne, einen Platz für ihn zu finden. Anne konnte arbeiten, sie konnte ein einigermaßen normales Leben führen. Bis Corona kam. Im ersten Moment hatte Anne noch gedacht, dass die Pandemie eine gute Sache sei, weil sich nun alle an ihr Verhalten anpassen mussten. Aber das war, bevor sie sich zu der Reise nach Italien entschlossen hatte.

„Wobei", schloss Anne. „Am Ende war es vielleicht auch wieder genau richtig. Frau Kabongo will mich schon seit langem dazu motivieren, dass ich mehr Leuten von der Erkrankung berichte. Sie hat immer gesagt, das wäre der nächste große Schritt. Dass es mir helfen würde."

Sie blickte ihren Vater bedauernd an. Er lächelte einfach nur. Anne sah ihm an, dass ihr Bericht ihn mitgenommen hatte.

„Und?", fragte Monika. „Hilft es dir?"

„Sehr“, antwortete Anne, ohne ihren Vater aus den Augen zu lassen. „Sonst würde ich hier nicht so entspannt sitzen.“

„Ich hatte keine Ahnung“, murmelte er.

„Ist okay, Papa. Es ändert sich ja jetzt.“

Er nickte. Anne schaute zu Ron, der grübelnd auf den Tisch starrte.

„Was ist?“, fragte sie ihn.

„Als ich dich damals besucht habe, als ich ‚vorbeigeschaut‘ habe. Ich hab das ganze Ritual kaputt gemacht.“

„Yap. Ich musste danach von vorn anfangen.“

„Das tut mir leid.“

„Du wusstest es doch nicht. Ihr wusstet es alle nicht. Ich konnte es nicht sagen. Ich war der festen Überzeugung, ihr würdet mich auslachen oder in die Psychiatrie einweisen, wenn ihr davon erfahrt. Aber niemals, nie hätte ich gedacht, dass … dass ihr es versteht …“

Ihr Blick fiel auf das Desinfektionsmittel, das auf dem Küchenschrank stand. Alle benutzten es den ganzen Tag über intensiv. Monika hatte nach der Entscheidung, noch eine Nacht zu bleiben, die Küche so sauber gewischt, dass dort nun Operationen hätten stattfinden können. Papa hatte freiwillig eine Maske angezogen, als Paolo vorbeigekommen war. Und Ron hatte alle Einkäufe und sich selbst desinfiziert, nachdem er von draußen zurückgekehrt war. Alles, ohne dass Anne darum gebeten hatte.

„Dass ihr mir sogar helft, auf mich aufpasst.“

Anne konnte die Tränen nicht mehr halten. Sie strömten einfach über ihre Wange, auch wenn sie lächelte. Ron kam sofort zu ihr und nahm sie in den Arm. Papa hielt ihre Hand.

„Das hätte ich nie erwartet.“

Genauso wenig wie Anne erwartet hatte, dass sie einen Tag in Norditalien, auf dem Höhepunkt der Pandemie, genießen könnte. Es war ein toller Tag. Sie hatten irgendwann genug gequatscht, also brachten Ron und Anne den Eltern Ligretto bei, das sie irgendwann so laut und leidenschaftlich spielten, dass Leonie sich aus der Nachbarwohnung beschwerte und dann auch noch schmollte, weil sie nicht mitspielen durfte. Ron ließ sie daraufhin in seinem „Team" mitspielen, was bedeutete, dass sie über die Handykamera mit ihm verbunden war und ihn anschrie, welche Karte er wohin legen sollte. Er war damit heillos überfordert, was zu nur noch mehr Lachern führte.

Abends kochte Ron für alle. Anne half ihm, tänzelte in der Küche um ihn herum und stahl sich ab und zu etwas Nähe. Sie küssten sich nicht noch einmal, bewahrten – nicht nur vor den Eltern – eine gewisse Distanz, die aber nur zu mehr heimlicher Verbundenheit führte. Anne wurde sich immer sicherer, dass sie es mit diesem Mann versuchen wollte. Egal, wie schwierig das werden konnte. Egal, wie sehr es ihr auf der anderen Seite Angst machte.

Als sie sich am nächsten Tag mit einer mehr oder weniger fitten Leonie endlich auf den Weg nach Deutschland machten, konnte der Drache Anne durchaus wieder verunsichern. Die Fahrt mit Leonie in der letzten Reihe hinter der Plastikabtrennung durch die rote Zone stresste sie. Aber es war um so vieles einfacher, wenn alle davon wussten. Wenn sie ihre Hände und ihren Platz desinfizieren konnte, während alle dabei waren. Wenn niemand etwas sagte, als sie fünf Mal hintereinander ihre Temperatur maß.

„Das ist so wie damals, als ich mir vor dem Dänemarkurlaub das Bein gebrochen hatte", sagte Papa irgendwann. „Alles musste umgeplant werden, weil ich an Krücken ging. Alle haben ein bisschen länger gewartet. Alle haben darauf geachtet, dass es Aufzüge gab, wenn wir irgendwo hinkamen. Aber es ging."

Ja, es ging. Die Fahrt verlief reibungslos. An der Grenze zur Schweiz mussten sie zwar lange warten. Man wunderte sich auch etwas über das improvisierte Fenster am Wohnwagen, aber niemand nahm die Plastikabtrennung im Auto so richtig wahr. Und da Leonie gut gelaunt auf Italienisch mit dem Grenzbeamten quatschte, hatte auch keiner Sorgen, sich eine Coronainfizierte ins Land zu holen. Sie konnten bald weiterfahren und schafften es bis zum Nachmittag nach Deutschland. Auch dort dauerte es länger an der Grenze, dennoch gelangte die Reisegruppe noch vor Einbruch der Dunkelheit zu Leonies Zuhause.

Sie übernachteten auf dem bereits bekannten Campingplatz. Die Eltern schliefen mit wieder eingesetztem Fenster im Wohnwagen, Ron im Land Rover, und Anne bekam von ihm ein eigenes, frisch desinfiziertes Zelt aufgebaut. Doch sie saßen ungeachtet der Kälte noch lange an der Feuerstelle, an der Ron Leckereien für alle gezaubert hatte. Auch für Leonie, die trotz einer kratzbürstigen Mutter darauf bestanden hatte, zumindest den Anfang des Abends mit „meiner Familie" zu verbringen. Auf Abstand und an der frischen Luft, weswegen Anne den Drachen bald zum Schweigen bringen konnte. Claudia lehnte Rons Einladung mitzuessen mehr oder wenig freundlich ab, hatte aber gegen seine Ansagen in Sachen Leonie keine Chance. Als er das dann doch wieder erschöpfte Mädchen schließlich nach Hause gebracht hatte, wirkte er nach der Rückkehr gewachsen. Er berichtete Anne von einem guten Gespräch mit Claudia. Er hatte klar ausgehandelt, wann und wie oft er Leonie in Zukunft sehen würde. Er war glücklich.

Leonie ließ es sich nicht nehmen, sie am nächsten Morgen zu verabschieden. Es flossen Tränen, sogar bei Ron, aber dieses Mal blieb Leonie tatsächlich zurück. Mit dem Versprechen, dass man sich wiedersehen würde, sobald Corona es zuließe.

Die letzte Etappe der ungewöhnlichen Reise führte über erstaunlich leere deutsche Autobahnen. Es war Samstagabend, als sie in Kreuzberg ankamen, fast eine Woche, nachdem sie losgefahren waren.

Ron brachte Papas Sachen in seine Wohnung und natürlich auch Annes Koffer bis vor ihre Wohnungstür.

„Kommt mir vor, als ob er nur noch halb so schwer wäre wie bei der Abreise“, stellte Ron dabei fest.

„Na ja, es sind ja auch sieben Liter Desinfektionsmittel weniger darin“, entgegnete Anne.

Ron lachte laut. Er nickte. Sie standen sich für einen Moment stumm gegenüber. Lächelten einfach nur.

„Mh, also“, begann Ron schließlich. „Ich muss jetzt mal meine Mutter nach Hause bringen und auch in Leoniehausen nach dem Rechten schauen. Die Tiere und du weißt schon. Aber vielleicht kann ich dich ja morgen besuchen?“

Er schaute Anne unsicher an.

„Das würde mich sehr freuen, Ron.“

Ron strahlte. Anne auch.

30

Es klingelte pünktlich um fünfzehn Uhr. Anne und Ron hatten ausgemacht, sich zu Kaffee und Kuchen zu treffen. Anne hatte darauf bestanden, selbst für alles zu sorgen. Der Duft des frisch gebackenen Rhabarberkuchens vermischte sich mit dem des Kaffees, als sie auf die Gegensprechanlage drückte.

„Ja?"

„Hi", hörte sie Rons Stimme. „Du, ich war gerade in der Gegend und dachte ..."

„Komm einfach hoch", fiel Anne ihm lachend ins Wort.

„Aber Anne?"

„Ja."

„Lass die Wohnungstür noch zu, bis ich klopfe, okay?"

„Okay."

Anne drückte auf. Sie hatte keine Ahnung, was Ron plante. Aber sie hatte gelernt, ihm zu vertrauen. Er würde nichts tun, was ihr schadete.

„Es ist okay, dass er in die Wohnung kommt", sagte sie zu dem Drachen.

Er lag in der Wohnküche auf der Fensterbank. Mittlerweile war er so klein, dass er gut dort hinpasste. Wie eine Katze. Er schaute zu Anne herüber, seufzte und streckte sich.

„Ich hab' nichtsss gesagt", zischte er leise. „Dasss musst du wissen."

Natürlich war Anne unsicher. Sie hatte die Wohnung

am Vorabend gründlich gereinigt, als sie mit dem „italienischen Koffer“ nach Hause gekommen war. Die Wohnung war nach wie vor ihr Heiligtum. Ihre sichere Zone, das Gegenteil von Norditalien. Aber sie hoffte darauf, dass es ihr gelang, Ron in diese Welt zu integrieren. Dass nicht jede Begegnung mit ihm, jeder Besuch, zu einem Krisenereignis werden würde. Sie hatte keine Ahnung, ob sie das schaffen konnte. Frau Kabongo war zuversichtlich. Sie hatten am Morgen telefoniert, und Annes Therapeutin war von einer Verzückung in die nächste gefallen, als sie die Berichte aus Italien gehört hatte. Sie hatte Anne mehrfach gratuliert und fand den Mann in Annes Leben die beste Entwicklung von allen. Es gab Erfahrungswerte, dass eine Beziehung einen Zwang durchaus klein halten konnte. Eine funktionierende Beziehung. Eine, in der der Partner Rücksicht nahm. Was das anging, hatte Anne wenige Zweifel.

Es klopfte an der Tür. Anne atmete noch einmal tief durch, blickte zum Drachen, der Desinteresse vortäuschte, und ging dann zur Tür. Sie öffnete und musste lachen. Denn Ron stand splitterfasernackt vor ihr. Seine Sachen lagen ordentlich gefaltet auf dem kleinen Schuhschrank.

„Ein Lachen ist nicht die Reaktion, die man sich erhofft, wenn man sich nackt vor eine Frau stellt“, sagte Ron.

„Na ja“, antwortete Anne schmunzelnd. „Du gehst jetzt aber echt ein bisschen schnell ran.“

„Mein Auftritt hier hat keine erotischen Hintergedanken. Ich will lediglich so wenig wie möglich in deine Wohnung einschleppen. Die Idee ist, dass ich direkt unter der Dusche verschwinde, und wir uns dann über diesen verdammt lecker riechenden Kuchen hermachen.“

Anne würde diesen Mann lieben können. Sie wusste es.

„Und dann sitzt du nackt mit mir am Tisch?“, fragte sie.

„Ich bin gerne nackt.“

„Ich weiß.“

„Nein, im Ernst, vielleicht hast du ja einen Bademantel oder so."

„Ron, wie in aller Welt soll dir ein Bademantel von mir passen?"

„Okay, dann halt was anderes. Mh, aber … Wie lange willst du mich denn hier noch so stehen lassen?"

Anne schaute genüsslich an seinem Körper hoch und runter.

„Ich sehe dich gerne nackt", sagte sie dann.

Er lachte laut.

„Aber wenn das hier klappen soll, mit uns, dann muss ich dich so in mein Leben lassen, wie du bist. Normalerweise bist. Angezogen. Und auch mit irgendwelchen Keimen behaftet. Du kannst dich nicht jedes Mal nackt ausziehen. Nicht nur wegen der Nachbarn."

Ron nickte verstehend.

„Okay. Dann ziehe ich mich wieder an?"

„Erst mal ja."

Ron lachte. Er nahm seine Sachen und zog sich im Treppenhaus an. Anne schaute ihm dabei zu. Sie hatte es noch nie so sexy gefunden, einem Mann beim Anziehen zuzusehen. Als er fertig war, trat sie zur Seite.

„Komm rein", sagte sie.

Er ging in die Wohnung. Sie schloss die Tür hinter ihm und atmete tief durch, dann nahmen sie sich in die Arme. Anne blickte über Rons Schulter zur Fensterbank. Der Drache lag nicht einmal mehr dort. Sie sah gerade noch, wie er im Badezimmer verschwand. Anne atmete durch.

„Schön, dass du da bist", sagte sie zu Ron.

Dann küsste sie ihn.

Ebenfalls von Vanessa Mansini

MEIN BAD BOSS UND ICH (UND PHILIPP)

Sarah liebt Romane mit Bad Boys und kann ihr Glück kaum fassen, als ein wahres Prachtexemplar dieser Gattung ihr neuer Chef wird. Sexy, reich, dominant und mit einem düsteren Blick, der Sarah schier den Atem raubt und sie nur noch an eines denken lässt: Sie muss diesen leibhaftig gewordenen Mr. Grey unbedingt haben. Die Frage ist nur wie – denn auf die Lippe beißen allein kann's ja nicht sein. Vor allem dann nicht, wenn der Bad Boss sie für ein Mauerblümchen hält

Also nichts wie ab auf eine Fetischparty, um ihm zu beweisen, dass er sich irrt. Dort begegnet ihr der Jungautor Phillip, der einen BDSM-Roman schreiben muss, obwohl er eigentlich der Meinung ist, dass nur Polizisten Handschellen benutzen sollten. Mit einem Trick bringt er Sarah dazu, ihn bei der Recherche zu unterstützen, während er ihr im Gegenzug bei der Eroberung ihres Chefs hilft. Mehr als einmal geraten die beiden in peinliche Situationen, und Phillip sollte eigentlich Reißaus nehmen, aber er ist bereits viel zu fasziniert von der Frau mit der Schwäche für böse Jungs …

MEIN HIGHLANDER UND ICH (UND PHILIPP)

Als die Studentin Sarah einen Cupcakeladen in den schottischen Highlands erbt – samt sexy Highlander –, sieht sie ein Leben inmitten verbotener Süßigkeiten vor sich. Zwischen rauer Brandung, stahlharten Muskeln und zuckrigen Leckereien kommt ihr Blut so richtig in Wallung. Doch eigentlich liebt sie Jungautor Philipp, der völlig zu Recht der Meinung ist, dass nur er irgendetwas bei Sarah in Wallung bringen sollte. Er reist ihr hinterher und muss sich außer gegen Regen, Linksverkehr und ein Leben im gefühlten 18. Jahrhundert vor allem gegen diesen beknackten Muskelprotz im Rock beweisen, der sich bei jeder Gelegenheit das Hemd vom Leib reißt.
Dabei müssen sie eigentlich zusammenhalten, denn der wunderbare Cupcakeladen droht an einen bösen Engländer zu fallen, wenn die drei nicht schier Übermenschliches leisten. Aber wo könnte so etwas gelingen, wenn nicht in den magischen Highlands?

Bei dem Roman handelt es sich um eine abgeschlossene Geschichte – mit den Hauptfiguren aus „Mein Bad Boss und ich (und Philipp)“.

FRÜHER WIRD ALLES BESSER

Könntest du das letzte Jahr noch einmal durchleben, um damit deine große Liebe zu retten – das würdest du doch machen, oder?

Nach einem furchtbaren Jahr und einem sehr peinlichen Fehltritt zerstört Lisa die Ehe mit der Liebe ihres Lebens Alex. Sie ist sich sicher, dass sich das hätte verhindern lassen, wenn sie im vergangenen Jahr nur einen von sieben Fehlern nicht begangen hätte. Überraschend gewährt ihr das Schicksal diese Chance: Silvester landet sie nach Mitternacht nicht im Jahr 2018, sondern wieder am Anfang von 2017. Doch so einfach ist es dann auch wieder nicht: Denn sobald Lisa im neuen alten Jahr ihr Schicksal ändert, schlägt es auf unerwartete Weise zurück. Wird es Lisa gelingen, ihre Liebe zu retten? Oder macht sie alles nur noch schlimmer?

DORNRÖSCHEN HATTE ES LEICHTER

Stell Dir vor, Du wachst auf und die Welt hat sich zwanzig Jahre weitergedreht!

Eben noch stand Hermine kurz vor dem Abi, war unsterblich verliebt und träumte von Reisen, Beruf und Familie. Jetzt ist sie siebenunddreißig, Single und arbeitslos. Ihre biologische Uhr tickt gewaltig. Doch Hermine hat im Koma das komplette Internet verschlafen, weswegen die Online-Suche nach Mr. Right sich schwierig gestaltet. Ein gefühlter Teenager in einer fremden, erwachsenen Welt voller Smartphones, Hipster und mit der komischen Umweltministerin als Kanzlerin. Wenn nur nicht ständig alle fragen würden, wo denn ihr Harry Potter sei – denn sie hat keinen Schimmer, wer das sein soll …

IM FALSCHEN FILM

Ein Unfall – und plötzlich sind alle Erinnerungen an dein Leben ausgelöscht. Dafür gibt es einen komischen Mann, angeblich deiner, der immer nur wissen will, wo du das verdammte Auto geparkt hast.

Trixi hat eine komplette Amnesie. Und das Leben, das ihres sein soll, findet sie mehr als furchtbar. Doch wenn man sich an nichts mehr erinnern kann, kann man dann nicht auch gleich einen Neuanfang wagen? Vielleicht sogar mit diesem (Traum-) Mann, dessen Frau in den Unfall verwickelt war?

WER BRAUCHT SCHON EINEN MILLIONÄR?

Ist die Liebe stärker als die Lüge?

Die arbeitslose Schauspielerin Anna möchte ein einziges Mal mit den Reichen und Schönen feiern. Deswegen nimmt sie für die angesagteste Silvesterparty von Berlin die Identität einer Tochter aus gutem Hause an. Womit Anna nicht gerechnet hat: Auf der Party verknallt sie sich Hals über Kopf in den forschen Millionärssohn Max, mit dem sie die Nacht der Nächte erlebt. Unglücklicherweise ist ein Wiedersehen durch ihre erlogene Identität ausgeschlossen. Doch als Max sie wenige Tage später überraschend wiederfindet, gehen die Probleme erst richtig los. Dabei muss Anna feststellen, dass sie längst nicht die einzige Person mit einem Geheimnis ist …

FLIRTGEWITTER
ODER: WIE WIR BEIM ERSTEN DATE EIN KIND ENTFÜHRTEN

Ariane trifft ihren Traummann. Beim Aussteigen aus dem Zug flirten sie heftig. Sie hilft dem sexy Kerl sogar dabei, den Buggy mit seinem schlafenden Kind rauszutragen. Nur um nach Abfahrt des Zuges festzustellen, dass es gar nicht sein Kind ist. Er dachte, es wäre ihrs – klassisches Missverständnis. Jetzt haben sie einen Fünfjährigen an der Backe. Dabei wollte keiner von ihnen Kinder, auch nicht für einen Tag. Was sie in den nächsten Stunden als plötzliche Eltern erleben, ist ein Feuerwerk an komischen Situationen und bringt das Paar an den Rande des Nervenzusammenbruchs. Aber es entstehen auch tiefe Gefühle – von wem für wen, das ist nachzulesen in der neuen romantischen Komödie von Vanessa Mansini …

WAS MÄNNER DENKEN

Was wäre, wenn eine Frau plötzlich die Gedanken der Männer lesen könnte?

Rosa ist eine dreißigjährige Flugbegleiterin, die zwar gut mit den Männern kann, aber immer noch auf der Suche nach Mr. Right ist. Den glaubt sie nun in Henk - natürlich ein Pilot - gefunden zu haben. Nach einer Notlandung strotzen die beiden so sehr vor Adrenalin, dass sie sich in die Arme fliegen und küssen. Das ist er! Ihr Traumprinz. Glaubt Rosa, bis er sagt: Hoffentlich bläst sie nicht so scheiße wie sie küsst. Moment! Was? Natürlich sagt er das nicht, aber er denkt es, und genau das ist das Problem: Durch den Beinaheabsturz hat Rosa eine neue Superkraft erhalten: Sie kann die Gedanken von Männern lesen. Dadurch findet sie heraus, dass Henk ein Arschloch ist. Dadurch beginnt aber auch eine ungewöhnliche Suche nach ihrem Mr. Right, bei dem Rosa sehr viel über Männer, aber noch mehr über sich selbst lernt …

Über den wahren Autor

Michael Meisheit ist mein richtiger Name, auch wenn ich durchaus auf Vanessa höre. Ich war zwanzig Jahre lang Drehbuchautor bei der Fernsehserie „Lindenstraße“. Nebenher habe ich zeitweise auch für die Telenovela „Rote Rosen“ gearbeitet und den Fernsehfilm „Dann kam Lucy“ geschrieben.
2012 habe ich meinen ersten Roman „Soap“ veröffentlicht – als Selfpublisher. Unter dem Pseudonym Vanessa Mansini habe ich erstmals im Sommer 2013 geschrieben. Der heitere Roman „Nicht von dieser Welt“ wurde überraschend zum Bestseller. Er stürmte Platz 1 der Kindle-Charts und verkaufte sich als eBook über 30.000 mal. Auf der Leipziger Buchmesse gewann ich mit ihm den Indie-Autor-Preis. Seither sind zahlreiche Romane unter meinem Pseudonym erschienen – vor allem die sehr erfolgreiche Reihe „Im falschen Film“.
Hat Ihnen „Corona – Eine Komödie“ gefallen? Dann wäre es wundervoll und für mich sehr wichtig, wenn Sie bei Amazon eine Kundenrezension hinterlassen – selbst wenn es nur ein paar Sätze sind. Vielen Dank!

In meinem Blog michaelmeisheit.de schreibe ich über meine Arbeit als Drehbuch- und Romanautor. Es lohnt sich, immer wieder einmal reinzuschauen …

Außerdem finden Sie mich hier:

www.facebook.com/imfalschenfilmserie
www.twitter.com/Meisheit

Oder schreiben Sie mir an michael@michaelmeisheit.de. Ich liebe es, Mails zu erhalten, und antworte auf jede. Versprochen!

Danksagung

Bei der Erstellung von „Corona – Eine Komödie“ hatte ich zahlreiche Helferinnen und Helfer, denen ich sehr herzlich danken möchte. Da sind zunächst einmal meinen Testleserinnen und Testleser, die wertvolle Hinweise gegeben haben, um die Geschichte zu verbessern. Außerdem geht mein Dank an meine Lektorin Alexandra Gentara, an Corinna Rindlisbacher für den schönen Buchsatz und an meine Coverdesignerin Catrin Sommer. Ganz besonders danke ich Andrea Schnitt, die mit ihrer Expertise geholfen hat, den Drachen großzuziehen, und die das Schreiben auch in ungewöhnlichen Zeiten zu einer noch größeren Freude gemacht hat.

Printed in Poland
by Amazon Fulfillment
Poland Sp. z o.o., Wrocław

83054434R00129